DU MÊME AUTEUR

Roman
Robinson, Gallimard, Paris, 2016. (réédition : folio n°6483).
Prix Félix Verdickt-Rydams 2016. Prix Victor Rossel 2017.

Poésie
Filiation, Le Fram, Liège, 2001. Prix Émile Polak 2000.
Trop tard, Tétras Lyre, Soumagne, 2007. Prix Marcel Thiry 2009.
Même Mort, Le Fram, Liège, 2011.
Ulysse Lumumba, Le Cormier, Bruxelles, 2014.
Palimpseste insistant, Tétras Lyre, Bruxelles, 2014.
Poésie (presque) incomplète, L'Herbe qui tremble, Paris, 2018.
Prix Maurice Carême 2019.
Homo saltans, avec des illustrations d'Antoine Demoulin, Tétras Lyre, Liège, 2018.

Essais
L'Hypocrisie pédagogique, Talus d'Approche, Mons, 1999.
« Une rhétorique par objet ». Les mimétismes dans l'œuvre de Francis Ponge,
Hermann, collection « Savoir Lettres », Paris, 2011.
Avec Jean-Marie Klinkenberg, *Petites Mythologies liégeoises*, Tétras Lyre, Liège, 2016.
Avec Jacques Dubois, *Tout le reste est littérature. Entretiens*,
Les Impressions Nouvelles, Bruxelles, 2018.

Rue de la Source, 7
(B)1435 Hévillers
www.kerditions.eu / kerditions@kerditions.eu

Directeur de collection : Vincent Engel
Illustration de couverture : Eva Myzeqari
Photo de l'auteur : Valentine Demoulin

ISBN : 978-2-87586-301-0
Dépôt légal : D/2021/12.437/108

La publication de cet ouvrage a été encouragée par une subvention accordée par la Fédération Wallonie-Bruxelles.

Cet ouvrage a été achevé d'imprimer par Pulsio.net en août 2021.

Laurent Demoulin

Belgiques

– L'union fait la douceur –

ker éditions

Avertissements

Il n'y a pas d'essence de l'art,
mais une infinité de styles,
toutes les esthétiques se valent,
s'excluent et se méjugent entre elles.

Paul Veyne

À mes chers compatriotes

L'unité de ce recueil est thématique : chaque texte a trait à l'un ou l'autre aspect de ce pays dont la pluralité essentielle est soulignée par le titre de la collection qui les surplombe : *Belgiques*, avec « s ».

C'est pourquoi, quant à leur forme et à leur ton, ces textes sont extrêmement variés. Ils peuvent être aussi bien satiriques que poétiques, parodiques que réalistes, modernes et déconstruits que conventionnels dans leur narration, nostalgiques que moqueurs et fictionnels qu'autofictionnels. Ils relèvent là de la nouvelle, ici du conte ou encore de la fable, du poème en prose, du récit d'anticipation, du roman policier à énigmes, de la pièce de théâtre…

Aussi ai-je envie de conseiller à mes lectrices et à mes lecteurs de ne pas lire ce recueil d'une traite : mieux vaut remettre son compteur émotionnel à zéro entre chaque texte. Après avoir terminé une nouvelle, allez prendre l'air, afin d'admirer, par exemple, les canaux, les cathédrales, les grand-places, les fleuves en majesté, les ronds-points fleuris, les maisons quatre façades, les autoroutes éclairées la nuit et les carrefours encombrés de notre beau pays…

Par ailleurs, puisque je suis belge et que j'écris ici au sujet des Belgiques, il était difficile de ne pas croiser en chemin, par inadvertance ou par accident, d'autres Belges, imaginaires ou à moitié fictifs… C'est dire si tout rapprochement entre tel de mes personnages et une personne vivante ou décédée est fortuit et relève de la liberté inaliénable de mes lectrices et de mes lecteurs.

La fille aux deux noms

Nos enfants sont nos dieux,
ils sont notre richesse, notre futur, notre éternité,
d'eux nous naissons comme naissent
les queues des comètes
et des projectiles enflammés.

Eugène Savitzkaya, *Fou civil*

À Emma, ma fille que j'adore
et que j'admire, que j'adormire.

Quand j'étais belge, j'allais à l'école primaire, comme toutes les petites et tous les petits Belges.

Quand j'étais belge, c'est que j'étais enfant.

Quand j'étais belge, nous étions tous belges, nous les Belges – du moins le croyais-je.

Nos institutrices et nos instituteurs nous apprenaient, entre autres choses, à aimer notre petit pays, entièrement, sans exclusive. En 3ᵉ primaire, un texte, que madame Demarteau nous avait fait lire durant le cours de français, mettait en scène un petit Belge et un petit Hollandais qui vantaient chacun les mérites de leur pays respectif : l'un défendait le port d'Anvers, l'autre le port d'Amsterdam. L'histoire ne disait pas en quelle langue ils se parlaient.

Quand j'étais belge, je n'étais que belge. Ou peu s'en faut.

À la fin de mon enfance, mon père et ma mère, en évoquant la colonisation du Congo et en me racontant l'assassinat de Patrice Lumumba, fissurèrent mon nationalisme béat : je perdis en une soirée la foi en mon identité, gentille, débonnaire, tranquille, bon enfant, victimaire, de petit Belge.

Puis la question s'est évaporée, comme par elle-même, à l'adolescence, qui rejetait avec raison toutes les formes de patriotisme. Sans que j'y prenne garde, puisqu'il faut tout de même avoir une nationalité quelconque, la mienne, en raison de l'évolution politique du pays, se rétrécit lentement mais sûrement : je n'étais plus si belge que cela. Et vous non plus ! Personne ne dit : « Je suis un Belge fédéral. » Donc Belge francophone ? Ou Wallon ? Ou Liégeois (*omdat ik een Luikenaar ben*) ? À moins (et c'est sans doute préférable) que la focale, au lieu de se resserrer, ne se fût élargie : membre de la grande Francophonie ? Européen ? Citoyen du monde ? N'exagérons rien…

Pas d'identité en creux, point de belgitude : une identité pleine mais multiple, indifférente et imprécise. Peu importe. Mais je sais que, quand j'étais belge, je n'étais ni francophone, ni européen, ni wallon, ni liégeois : j'étais belge.

J'étais un enfant.

C'est pourquoi au seuil de ce recueil intitulé *Belgiques*, doit prendre place un souvenir d'enfance, un souvenir de courtes culottes, un souvenir inventé de belge école primaire.

En Belgique, dans les années 1970, l'éducation était plus *genrée* qu'aujourd'hui. Ainsi, dans l'école primaire mixte du Fond-de-Fléron-lez-Liège où j'ai passé quelques années parmi les plus importantes de ma vie, le vendredi après-midi, les filles avaient droit à une leçon de couture dispensée par une institutrice, tandis que les garçons jouaient au football, dans un terrain vague jouxtant les bâtiments scolaires, sous la houlette de monsieur Ouellet, seul sujet masculin qui y travaillait alors.

En outre, garçons et filles étaient séparés une fois par an lors de la visite médicale – institution nationale, journée mythique et traumatisante, que l'on passait en petite tenue et durant laquelle il fallait se montrer capable de faire pipi à un moment déterminé n'ayant rien à voir avec le rythme de nos besoins naturels.

Nous étions en 4e année, dans la classe de madame Bouillenne. Celle-ci dirigea donc l'expédition vers le dispensaire, avec le soutien de monsieur Ouellet, déjà cité, qui l'accompagnait pour surveiller les garçons.

Un peu inquiets, bien que nous commençassions à connaître la chanson, nous entrâmes toutes et tous dans une grande pièce aux murs beiges, où l'on nous demanda bientôt de nous asseoir en silence et de rester immobiles. Deux infirmières, sérieuses, sèches, graves, imposantes dans leur tablier blanc, firent leur apparition. Nous comprîmes immédiatement qu'elles représentaient une autorité supérieure, une sorte de cour suprême : madame Bouillenne était d'ailleurs sous tension, même si elle n'allait pas devoir se mettre en petite culotte et en singlet, elle ! Et cela me parut étrange de sentir ainsi l'institutrice de notre côté, parmi les soumis. Son bon visage – des joues épaisses, de petits yeux, des lunettes rondes, des cheveux grisonnants tirés vers l'arrière en un lourd chignon – en semblait métamorphosé, durci, virilisé, de sorte qu'elle ressemblait à présent (avec le recul, à travers l'épaisseur du temps, je m'en rends soudain compte) à l'*Autoportrait aux bésicles* de Chardin (Jean-Baptiste Siméon), que je ne connaissais pas davantage alors que les théories nunuches sur le bonheur du philosophe chrétien Chardin (Pierre Teilhard de).

Il fallait donc que nous nous tinssions à carreau : il n'était pas question de faire honte à notre institutrice devant les sobres divinités médicales – devant les éburnéennes prêtresses dévouées au culte souverain du corps sain, salubre et hygiénique.

Avant de nous séparer en fonction de notre appartenance sexuelle, ces imposantes déités prirent les présences – alors que madame Bouillenne avait déjà procédé à cette opération avant de partir, mais qui sait ? un enfant récalcitrant aurait pu s'éclipser en douce durant le trajet.

Je n'étais pas féru de l'ordre alphabétique, à l'époque, mais je savais tout de même qu'il me fallait être attentif au moment où était prononcé le nom « Delaheid Béatrice » – qui appartenait à une fille au visage chafouin, extrêmement timide – car venaient ensuite celui de mon ami Demaret Didier (coup de chance!) puis le mien. Tant que Delaheid Béatrice n'était pas mentionnée, je n'avais rien à craindre et je pouvais m'adonner librement à mon activité enfantine préférée, surtout en période de stress : rêvasser (me voilà – je devrais écrire « me voyailà » – traversant le désert de la Triple Mort en faisant preuve de plus de résistance, face à la fatigue, la faim et la soif, que mes camarades les plus robustes). Mais ? Que se passait-il ? J'entendis l'infirmière appeler Didier, qui répondit aussitôt « Présent », sans barguigner. Cela allait beaucoup trop vite ! Pourquoi Delaheid Béatrice avait-elle été oubliée ? Je la cherchai rapidement du regard : elle était pourtant là et ne semblait pas s'alarmer de cette omission. L'infirmière répéta mon nom avec impatience. « Présent ! » répondis-je en hurlant presque, comme afin de rattraper mon retard en compensant le manque de vitesse par l'excès de volume. Monsieur Ouellet, derrière ses larges lunettes, me regarda en fronçant les sourcils et madame Bouillenne, la si brave madame Bouillenne, derrière ses bésicles, me fit de gros yeux qui lui donnèrent des airs, cette fois, non de Chardin (Jean-Baptiste Siméon) mais carrément du poète français Ponge (Francis) lorsque celui-ci, après avoir récité ses trop lyriques vers « Si des diamants sont dits d'une belle eau, de quelle eau donc dire l'eau de mon verre ? Comment qualifier cette fleur sans pareille ? », ajoutait, d'une voix mâle : « – Potable ! »

Cependant, l'infirmière, peu soucieuse de poésie, égrenait toujours nos patronymes. Étrangement, après « Van Impe Serge », qui clôturait traditionnellement la liste, elle prolongea l'alphabet avec « Wilkin Béatrice ». De qui pouvait-il s'agir? Une nouvelle, que personne n'avait remarquée? D'un air contrit, Delaheid Béatrice répondit « Présente. » Puis ce fut tout. Je n'eus guère le temps de me demander comment il était possible que Béatrice eût changé de nom entre l'appel de madame Bouillenne à 8 h 30 et celui de l'infirmière à 9 h 10 : les garçons furent sur-le-champ conduits dans un vestiaire.

L'on nous pria de nous déshabiller sans faire d'histoire. Après quoi, l'on nous demanda de procéder individuellement à une série d'exercices inquiétants. Paradoxalement, alors que nous savions que nous ne serions pas jugés, comme à l'école, sur la qualité de nos réponses, je me sentais plus que jamais contraint de très bien faire. Et je dois dire que je m'en sortis tout à fait honorablement quand il se fut agi de reconnaître, sur un tableau blanc, des lettres majuscules, grandes d'abord, de plus en plus petites ensuite (ma voix ne trembla pas un seul instant). En revanche, l'infirmière, qui finit par avoir pitié de moi, dut m'encourager à trois reprises avant que je ne parvinsse à pisser droit dans ce pot blanc qui me rappelait le récipient dans lequel ma mère préparait la mayonnaise à la maison. Je n'eus donc pas le loisir de réfléchir au mystère du nom mouvant de Béatrice, d'autant que, lors des périodes d'attente anxieuse dans le vestiaire, d'autres interrogations au sujet des filles – et des sévices qu'elles devaient probablement subir en ce moment – occupaient les conversations de mes camarades. Tout se passait à cet égard comme si, en nous séparant selon quelques détails de notre anatomie (alors qu'en gros nous avions les mêmes organes et le même cerveau), les adultes cherchaient à stimuler, chez de petits anges à l'esprit pur, transparent ou d'une blancheur inaltérée, les premiers germes de désirs salaces et de pulsions sadiques.

Les jours passèrent et j'avais oublié cette journée qui, par deux fois, m'avait mis dans l'embarras, quand, un samedi, je décidai d'accompagner ma mère au tennis. Elle aimait, en effet, battre, sur la terre battue, sa grande sœur Suzy, qui avait eu la malignité, enfant, de couper les cheveux de sa poupée préférée – crime de lèse-majesté dont elle s'était d'autant moins bien remise, vingt ans plus tard, qu'elle l'adorait, sa sœur, et que les insultes de nos ennemis semblent des caresses en comparaison de la moindre mesquinerie, à notre égard, de nos amis les plus chers. Pour ma part, j'aimais jouer avec Marie, ma cousine, qui serait présente, elle aussi, et à laquelle j'avais envie de parler de la dernière bande dessinée que mon père m'avait fait découvrir (*Blondin et Cirage et les soucoupes volantes*, je crois).

Suzy était déjà là quand nous arrivâmes. Mais, amère déception ! sa fille ne l'avait pas suivie.

– Elle va aux guides, à présent, le samedi, mon chéri, m'expliqua ma tante.

– La pauvre ! n'osai-je répliquer, tant cela me parut horrible d'aller « aux guides » et de gâcher ainsi une journée de pure liberté.

Il était trop tard pour que Maman me reconduisît à la maison. Suzy me donna une balle un peu râpée et l'on me pria de m'amuser, non loin de là, mais derrière les barrières de sécurité, dans un espace recouvert d'herbe fraîchement tondue. Je ne comprenais pas encore grand-chose aux règles du tennis, mais je revois clairement Maman se mordant la langue, selon son rictus habituel, en frappant la balle du revers, et ma tante rire de façon sardonique après avoir réussi une jolie petite amortie.

J'errai quelque temps, en proie à l'ennui (car si je prenais plaisir à rêvasser lorsqu'il me fallait accomplir la moindre tâche scolaire, j'en devenais incapable si je n'avais strictement rien à faire), quand, au bout d'une allée, je vis s'approcher de moi une fille de mon âge, qui me souriait gentiment. Bien qu'il vive au XXIe siècle et que l'action se passe au XXe, le lecteur, bénéficiant d'un nœud temporel appelé littérature, l'aura deviné avant mon héros : il s'agissait de Béatrice Delaheid-Wilkin.

Si je ne la reconnus pas tout de suite, c'est précisément à cause de son aimable sourire, et de son allure générale : la petite fille silencieuse et discrète de l'école marchait, *les yeux pleins de lumière*, d'un pas allègre et franc qui ne lui ressemblait guère – ou, du moins, qui ne ressemblait guère à l'image que je me faisais d'elle.

– Tu as l'air tout perdu, me dit-elle à brûle-pourpoint, en passant l'étape des salutations.

– Non, non, je ne perds pas de vue ma maman, qui joue, là, sur le terrain…

Ma camarade considéra un instant les joueuses que je lui désignais d'un doigt vague, à peine tendu.

– Oh, elle est belle, ta maman, avec ses cheveux courts. C'est à la mode. Et elle a un beau coup droit.

– Non, les cheveux courts, c'est ma tante, rougis-je.

– Ah, ce n'est pas grave : ta maman est belle aussi. Sa raquette, c'est une Donnay ?

Je fus incapable de répondre : visiblement, Béatrice s'y connaissait mieux que moi en la matière.

– C'est une bonne marque, Donnay, m'apprit-elle. D'ailleurs, c'est une marque belge ! En plus, ta maman est gauchère : cela l'avantage au tennis.

Si je bénéficiais déjà, grâce à une éducation éclairée, de quelques notions, imprécises mais généreuses, sur la « gauche » et la « droite » en matière politique, j'étais incapable de retenir une fois pour toutes à quoi ces mêmes mots référaient dans l'espace. Je regardai furtivement ma mère, réfléchis un instant en essayant de me souvenir avec quelle main je tenais mon stylo pour écrire et procédai mentalement à une rapide comparaison…

– Tu as raison, ma maman est gauchère, approuvai-je finalement.

Et, avec sagacité, Béatrice m'expliqua pourquoi les gauchères et les gauchers avaient, sur leurs adversaires au tennis, un avantage certain.

– D'ailleurs, Jimmy Connors est gaucher, déclara-t-elle.

Je n'avais encore jamais entendu parler de ce jeune champion, qui venait pourtant de remporter ses premiers grands tournois, car le tennis n'allait devenir populaire à la télévision que quelques années plus tard.

– Connors ? Quel drôle de nom, songeai-je.

Alors, me rappelant qu'elle en avait changé subitement, je voulus interroger ma camarade sur ses patronymes, mais, comme je cherchais la façon la plus adéquate de formuler ma question, elle me prit de court :

– Tu as une balle en main : tu veux jouer au tennis avec moi ?

C'est seulement à cet instant que je m'aperçus qu'elle était en tenue de sport, jupe plissée blanche et polo pseudo-Lacoste de la même non-couleur qui affichait, en guise d'écusson, une grenouille apathique tenant lieu de crocodile vagissant. Et je commençai à comprendre la raison de la métamorphose de ma camarade : elle était ici dans son élément, sur son terrain – c'était le cas de le dire –, ce qui lui donnait l'assurance et la légèreté dont la privait l'école.

Fort de l'observation similaire que j'avais pu faire à propos de madame Bouillenne, qui, lors de la visite médicale, semblait avoir perdu sa bonté devant les sévères infirmières, j'aurais pu tirer de la transformation de Béatrice une sorte de loi anthropologique : les individus ne se définissent pas une fois pour toutes en vertu d'un caractère stable – les bons et les méchants, les timides et les téméraires, les gourmands et les gourmets – mais évoluent sans cesse en fonction de leur environnement social. Sans doute, dans un recoin de mon esprit, une forme rudimentaire de cette loi se formait-elle lentement, presque malgré moi, mais j'étais encore trop attaché – et devais le demeurer quelque temps – à l'illusion essentialiste, qui veut que les identités soient fixes, c'est-à-dire qu'à elles-mêmes les identités soient identiques.

–Je n'ai pas de raquette, arguai-je courageusement.

–Ce n'est pas grave : ma maman à moi, répliqua Béatrice, est la gérante du club. Elle peut t'en prêter une !

–Euh… Je préfère rester ici. Ma maman m'a demandé de ne pas m'éloigner.

Béatrice, que je découvrais têtue, jeta un regard interrogateur aux deux dames qui s'affrontaient sur le court devant nous.

–Elle a l'air gentille. Je suis sûre que si tu le lui demandais, elle accepterait que tu viennes jouer avec moi.

Comment, m'interrogeai-je en voyant ma mère décocher un *passing-shot* qui cloua sur place ma tante, montée à la volée de façon trop hardie, ma condisciple mesurait-elle sa bonté ? Une seconde après, Maman m'adressa un beau sourire, juvénile et naïf, qui contrasta avec l'air concentré qu'elle affichait un instant auparavant.

– Tu l'aimes bien, madame Bouillenne ? me demanda Béatrice en passant du coq à l'âne. Moi, je l'aime beaucoup : elle aussi est très gentille, répondit-elle elle-même en m'indiquant l'association d'esprit qui l'avait menée de ma mère à notre institutrice. Mais je détestais madame Demarteau, précisa-t-elle encore, en faisant une grimace qu'elle eut l'air d'adresser à notre institutrice de l'année précédente.

Cette dernière déclaration me stupéfia. De quelle inconcevable liberté d'esprit faisait ainsi preuve cette fantasque petite fille que j'avais crue insipide ? Il me semblait que c'était un devoir d'apprécier son institutrice, ses institutrices, toutes ses institutrices – une espèce d'impératif catégorique, naturel et indiscutable, comme de jouer dehors lorsqu'il fait beau ou de dire « merci » quand un adulte vous offre un nouveau vélo ou une bande dessinée… tout de même pas comme d'aimer sa mère, mais presque – non, pas « presque », il faudrait ici un autre adverbe, séparant l'absolu du relatif, plaçant le respect pour la maîtresse en arrière-fond de l'amour filial, dans une arrière-cour du palais, qui serait sombre si elle ne bénéficiait pas des reflets lointains, mais toujours aussi coruscants que glorieux, du soleil des sentiments qu'éveillait Maman en moi. Ne s'agissait-il pas de personnes dévouées à la cause enfantine, désireuses de nous apprendre tant de belles choses ? Et puis, surtout, tout simplement, les institutrices étaient des *femmes*. Et les femmes constituaient, selon ma conception essentialiste d'alors, une forme d'humanité naturellement bienveillante.

– Pourquoi n'aimes-tu pas madame Demarteau ? m'inquiétai-je. Elle est gentille, en tout cas les jours où elle n'attache pas ses cheveux…

Cette dernière remarque renvoyait à une des observations que j'avais faites l'année précédente : il me semblait en effet que, lorsqu'elle était globalement de bonne humeur, madame Demarteau laissait pendre autour de son visage ses cheveux bruns bouclés (« crollés », comme on disait dans la région), tandis qu'un chignon les regroupait vers l'arrière les jours de plus grande sévérité.

– Peut-être, répliqua ma camarade, mais elle est gentille seulement dans sa tête, pas dans son cœur.

– Comment le sais-tu ? demandai-je, tout en pensant que je voyais vaguement ce qu'elle voulait dire, de manière floue, comme à travers une eau mouvante et trouble.

Béatrice réfléchit un instant, considérant toujours le match de tennis qui se déroulait sous ses yeux.

– Elle a vraiment un beau coup droit, ta tante… Je ne sais pas… Ce serait plus facile de t'expliquer qui est la plus gentille si elles étaient toutes les deux mortes, nos institutrices.

Sans doute écarquillai-je les yeux. Mais ce n'est pas certain : peut-être le propos de Béatrice ne me parut-il pas tout à fait abscons. Pour en saisir une part, il me fallait cependant en inverser certains termes, exercice mental qui était à ma portée, les enfants ayant déjà saisi à cet âge le dualisme fondateur de la pensée occidentale. De l'étrange proposition de ma condisciple, je conservai, en tant que pivot, le mot « mort » (qui n'avait pas tout à fait le même sens à 9 ans qu'aujourd'hui, à 54, puisqu'il s'apparentait davantage à une fiction) et je permutai « institutrices » et « gentille » au profit d'« instituteurs » et de « méchant ». Une fois morts, les deux instituteurs auxquels j'avais eu affaire naguère pourraient être plus facilement jugés : tant qu'ils vivaient, ils étaient trop labiles dans mon esprit et trop dangereux pour que j'osasse examiner leur cas.

Je profite du fait qu'après la déclaration de Béatrice, nous restâmes tous deux silencieux (à réfléchir, qui sait?, sans plus nous tourner l'un vers l'autre, regardant plutôt, moi sans rien y comprendre, elle en jaugeant les joueuses, le match opposant ma mère à ma tante), pour me laisser aller ici à une digression nécessaire à la bonne compréhension de qui voudrait savoir pourquoi je n'idéalisais pas les instituteurs autant que les institutrices.

Il y allait d'abord de mon rapport imaginaire aux femmes, que je postulais bonnes par nature, altruistes et maternelles, comme mes deux grands-mères, comme mes tantes, comme ma mère, plus proches de nous que leurs *alter ego* masculins, plus douces, plus compréhensives, profondément bienveillantes – je dirais même: infaillibles dans leur bienveillance, toujours là, même au loin, telles des déesses protectrices, des Euménides, des pénates féminins, des filets de sécurité, auxquels personne ne prête attention durant le spectacle, mais qui veillent sur les trapézistes et les funambules en plein ciel que sont les enfants. Quand je découvrais, au pied d'une gouttière, dans le jardin de mes grands-parents, à Terwagne, un oisillon mort d'avoir voulu voler trop tôt alors que ses ailes n'étaient pas encore formées, j'étais envahi d'un vif sentiment de pitié: leurs mamans à eux, dans ces nids qui me semblaient beaucoup moins « douillets » que notre salon humain, veillaient donc bien mal sur ces pauvres enfants-là ! Certes, parfois, les femmes se montraient moqueuses, comme ma tante Suzy, mais c'était sans malignité aucune : Suzy, quand elle ne blaguait pas, me parlait avec une voix tendre qui semblait signifier : « Votre bonheur compte plus que le nôtre, mes chéris. » Le mot d'ordre implicite n'était pas : « Les femmes et les enfants d'abord ! », mais « Les enfants bien avant les femmes ! »

Les hommes de ma famille avaient beau, pour leur part, être parfois distants, ils se montraient, eux aussi, bien disposés à notre égard, même si certains de mes oncles m'intimidaient. Mais je ne projetais pas, imaginairement, leurs qualités sur les hommes du monde extérieur. Je savais, par intuition, que la situation extrêmement privilégiée dont je jouissais au sein du cercle familial cessait d'avoir cours dès que j'en franchissais les frontières : je me méfiais alors des autres enfants, des hommes et encore davantage des adolescents frondeurs.

Une sorte de grille *a priori* motivait donc ma croyance en la bonté innée des femmes. Mais l'attitude des maîtres renforçait probablement mes convictions en la matière : à l'époque, même quand ils étaient, comme monsieur Ouellet, en réalité, des braves types, ils se croyaient tenus de se distinguer de leurs collègues féminines en affichant une sévérité sans faille. Ce n'est que quelques années plus tard qu'allait débarquer dans les écoles de la région une bande de jeunes instituteurs chevelus, jouant volontiers de la guitare, interpellant les élèves au moyen de surnoms du genre de « pitchounette » et parlant d'une voix à la fois chaleureuse et douce sans avoir l'impression de renoncer à leur virilité.

Or, si, par la suite, en 5e et 6e primaires, j'allais avoir affaire à deux hommes de bien, je ne peux en dire autant de mes instituteurs de 1re et de 2e années.

Nous n'habitions alors pas encore au Fond-de-Fléron-lez-Liège, mais en pleine ville et j'entamai ma scolarité dans une école de garçons, près de chez mes grands-parents paternels. Les deux hommes qui se sont succédé pour m'instruire portaient le même nom, Marichal, bien qu'ils ne fussent nullement de la même famille. Je devrais, surtout au premier d'entre eux, vouer une reconnaissance éternelle, puisqu'il m'apprit à lire – et que l'entrée dans la langue écrite constitue l'un des deux ou trois événements les plus importants de la vie de la plupart d'entre nous. Comment qualifier monsieur Marichal Ier ? Mettons-le en scène, pendant que ma mère mène 4-2 sur ma tante dans le second set, vous jugerez par vous-même.

Je le revois sur son estrade, grand, droit, portant un costume sombre, impeccable et large d'épaules, complété, quant à son effet de sérieux, par une cravate noire à fines bandes blanches, parallèles et obliques. Ses cheveux, gris plus que châtains, naturellement grisâtres et déjà grisonnants çà et là, étaient à la fois fournis et bien coiffés, épousant, au-dessus d'un visage encore jeune, aux traits réguliers, la forme d'une large mèche orientée vers la droite, semblable à une cape de mousquetaire enroulée sur une épaule virile. Alors que son regard, franc, fruste et froid, était abîmé par des cernes aussi épais qu'asymétriques, ses mains puissantes, aux gestes mesurés, ressemblaient à sa voix, qui paraissait sortir des profondeurs d'une caverne quand il lui fallait attirer notre attention avec fermeté.

Un jour, sans nous expliquer pourquoi, au sortir du vestiaire, après la leçon de gymnastique, au lieu de nous faire grimper l'escalier de fer qui conduisait à notre classe, il nous ordonna de le suivre en observant un silence religieux. Nous empruntâmes un premier couloir dont j'ignorais l'existence, puis un second, baigné dans la pénombre, sans fenêtre, qui nous conduisit devant une petite porte. Monsieur Marichal Ier s'arrêta, la main à la poignée de celle-ci, nous fit face, nous répéta qu'il fallait absolument nous taire et nous enjoignit de bien observer le spectacle édifiant qu'il allait nous présenter. Puis, doucement, il ouvrit la porte : celle-ci donnait sur une cour de récréation inconnue de nous, dans laquelle nous aperçûmes, criant, riant, courant, une nuée de petites filles.

– Si vous ne travaillez pas mieux, je vous mets une jupette et je vous jette là ! Vous vous retrouverez avec elles !

Il referma la porte tout en nous considérant gravement, sans sourire le moins du monde. Le souffle coupé, je fus victime d'une sorte d'hallucination rétrospective : ne m'étais-je pas vu, en effet, affublé d'une jupe écossaise, immobile, tétanisé, perdu dans un maelstrom incompréhensible de queues-de-cheval, de cordes à sauter et de chaussettes blanches ? Je pris en tout cas au sérieux la menace de monsieur Marichal Ier sans relever les *a priori* misogynes qui la fondaient. J'étais loin de songer à réclamer la parole (en levant le doigt) afin de demander à mon instituteur pourquoi il postulait ainsi que le niveau intellectuel des mauvais élèves de notre sexe équivalait au niveau moyen de nos homologues féminines. Pourtant, à 6 ans, je savais déjà que, dans ma famille, aucun discours (du moins aucun discours explicite) n'arguait d'une supériorité des cerveaux masculins. Mais je n'étais pas à la maison : j'étais dans cet autre monde, hostile et dangereux, appelé l'école, et je me trouvais tout entier à la merci de cet homme impressionnant et autoritaire. En outre, rêveur impénitent, j'étais tout à fait incapable de m'autoévaluer et de savoir si je travaillais « comme il faut ». Les notes, bonnes ou moins bonnes, me semblaient tomber au hasard sans que je susse quoi faire pour améliorer mes résultats. J'eus donc peur, non d'être obligé de vivre au milieu d'un peuple soi-disant inférieur en esprit, mais simplement de me retrouver bientôt dans cette cour, déguisé et ridicule, égaré parmi des petites filles que je ne connaissais pas.

Le cas de figure inverse ne fut pas envisagé par monsieur Marichal Ier : jamais il ne fut question d'inviter dans notre classe une élève particulièrement brillante qui aurait eu, en récompense de son travail acharné, l'insigne honneur de pénétrer dans la cour des garçons ! Aussi, à défaut de fille, notre instituteur, quand il lui fallut se choisir un souffre-douleur, dut-il se rabattre sur le seul de mes condisciples ayant un nom quelque peu exotique, Pablo, qui, au reste, avait la particularité d'être un « répétant » et de compter, par conséquent, un an de plus que nous. L'instituteur se réjouissait, avec un entrain bonhomme, des erreurs de cet enfant qu'il avait pourtant le devoir d'instruire. Invariablement, aux remarques cinglantes de monsieur Marichal Ier, Pablo répondait par un regard impassible, conservant sur sa belle figure un air ouvert et serein.

Une après-midi, en fin de semaine, l'instituteur, sans doute adepte d'une pédagogie pratique, pour mieux nous convaincre de l'idiotie de notre camarade d'origine non-belge, procéda devant nous à une démonstration des plus éloquentes. Il fit monter Pablo sur l'estrade professorale, le pria de s'asseoir sur une chaise, face à nous, se plaça derrière lui et, du même air grave que lorsqu'il avait ouvert la porte donnant sur la cour de l'école des filles, il s'empara d'un foulard rouge, feignit de l'introduire dans l'oreille gauche de notre condisciple puis de le ressortir par l'oreille droite. Après quoi, il imprima un mouvement de va-et-vient sur le tissu comme si l'intérieur du crâne de Pablo était un canon de fusil qu'il convenait d'astiquer vigoureusement.

– Vous voyez, expliqua-t-il, Pablo ne travaille pas assez ! Comme il n'étudie pas, il n'y a rien dans son cerveau ! C'est vide !

À aucun moment, il ne releva l'artifice : il procéda en sorte que nous prissions au sérieux son tour de prestidigitation sadique. Quant à Pablo, dans mon souvenir, il ne se départit guère de son bon sourire. Lui seul devait être au courant du subterfuge et il se garda bien de le dénoncer. Peut-être ressentit-il une sorte de fierté, supérieure au sentiment d'humiliation, de n'être point dupe ? Rit-il sous cape de la stupéfaction crédule de ses camarades ? Ou bien était-il content de la complicité morbide qui l'unissait en ce moment à son bourreau ? (Avaient-ils répété ensemble ce numéro durant la récréation ? Pablo l'avait-il vu imposé l'année précédente à une autre victime ?) À moins que ce que je pris pour un sourire incompréhensible (car cela devait faire mal, ce frottement dans l'intimité de l'esprit, pensai-je) ne fût en réalité un rictus de défense, une marque de stoïcisme, le dernier sursaut d'un orgueil blessé à jamais. En tout cas, quoi que notre instituteur lui infligeât, jamais Pablo ne lui offrit ses larmes !

Cependant, s'il jugeait bon de se muer en monstre de cruauté, misogyne et raciste, du moins monsieur Marichal Ier était-il un monstre sincère, enthousiaste, adorant son métier, alors que monsieur Marichal II, auquel nous eûmes droit l'année suivante, était un monstre glacial. Les remarques cassantes, perfides, ciblées, qu'il nous lançait à la figure, pour les raisons les plus diverses – un crayon trop pâle, une réponse donnée trop tôt – n'étaient accompagnées d'aucun regard, ses petits yeux se posant au-dessus, ou légèrement à côté, du visage de l'enfant que sa voix visait et qu'elle atteignait toujours en plein dans le mille.

Mais j'ai déjà parlé trop longuement de ces deux tristes sires. Retournons au bord du terrain de tennis en compagnie de Béatrice.

Monstre de feu, monstre de glace, songeai-je en regardant Maman frapper la balle de son revers à l'envers : s'ils étaient morts, peut-être aurais-je pu départager les deux Marichal, et décerner au second d'entre eux la palme amère de la méchanceté. Tant qu'ils restaient en vie, ils étaient, comme je l'ai souligné, encore trop mouvants, trop dangereux pour que je pusse les comparer. Mieux valait les enfouir dans un oubli protecteur. Était-ce cela qu'avait voulu dire Béatrice à propos de mesdames Demarteau et Bouillenne ? Ma condisciple, toujours concentrée sur la balle, ne semblait pas en mesure de préciser sa pensée.

Je considérai avec curiosité son visage, que je voyais de profil puis presque de face, en fonction du mouvement de sa tête, qui paraissait répéter inlassablement, et comme au ralenti, « Non… Non… Non… » jusqu'à ce qu'elle s'immobilise brusquement en même temps que la balle de tennis, et je me demandai si une corrélation devait être établie entre la dualité de son caractère – timide en classe et assertif ici – et ses deux patronymes. Béatrice Delaheid était-elle l'élève effacée et Béatrice Wilkin la sportive aux paroles énigmatiques ? N'y tenant plus…

– Pourquoi as-tu deux noms ? osai-je l'interroger.

Elle me regarda avec une drôle de lueur dans les yeux, que je pris un instant pour de l'effroi, de sorte que je m'apprêtais à battre en retraite et à m'excuser de lui avoir posé une question aussi indiscrète, lorsque, sa surprise passée, elle me répondit :

– Ah, tu avais remarqué… J'ai cru que les garçons n'avaient rien entendu. Delaheid, c'est le nom de mon papa. Wilkin, celui de mon père… À la visite médicale, les infirmières ont confondu…

– Mais !? Un père et un papa, c'est pareil, m'étonnai-je à nouveau.

– Non, se défendit-elle. Tu ne vas pas dire « Bonjour père » à ton papa !

Je détournai le regard afin de chercher un soutien moral auprès de Maman qui, entre chaque point, ne manquait pas de m'adresser un sourire caressant, comme pour m'encourager à poursuivre ma conversation avec la petite fille que j'avais rencontrée en bordure du terrain. Comprenant aussitôt mon désarroi, Béatrice se mit à rire, d'un beau rire aérien, pareil à des hirondelles prenant leur envol au printemps.

– Je vais t'expliquer. Mon père est mort juste après ma naissance, là-bas, au Congo.

– Au Congo ? Tu es Congolaise ?

– Non, je suis Belge, me détrompa-t-elle, mais mes parents ont vécu au Congo, un an ou deux, je ne sais plus, quand j'étais bébé, avant que le pays ne s'appelle le Zaïre. Mon père, qui était professeur de français, a dû donner des cours là-bas, je crois. J'ai d'abord porté son nom : Wilkin. Puis il est mort. Après quelques années, ma maman s'est remariée, ici, en Belgique. Et son second mari m'a adoptée. Il m'a alors donné son nom : Delaheid. C'est ainsi qu'il est devenu mon papa alors qu'il n'était pas mon père !

Au fil de ses phrases, les hirondelles de son rire puis les colibris de son sourire avaient disparu, à tel point que son visage s'était niché dans la gravité.

– Mais... dis-moi : ton père, Wilkin, pourquoi est-il mort ? Il était vieux ?

– Non, répondit-elle sans sourciller. Il a été écrasé par des chevaux.

Elle baissa la tête, comme si elle se désintéressait soudain du match de tennis entre ma mère et ma tante, et, dans la foulée, de tous les matchs du monde et de toutes les mères et de toutes les tantes de l'univers : elle se mit à marcher le long du grillage, d'un pas lent et régulier. Après un instant d'hésitation, je la rattrapai, en courant à sa hauteur – ou plutôt cherchai-je à me rattraper moi-même, c'est-à-dire à me faire pardonner l'indélicatesse de ma question par une indélicatesse plus grande encore. En effet, malgré l'image qui se dessinait dans mon esprit en imaginant la mort du père (ou du papa, je m'y perdais) de Béatrice (un *cow-boy* aux traits héroïques, le front ensanglanté, se protégeant en vain le visage des coups de sabots d'un troupeau d'étalons en fureur), fidèle à mes convictions d'alors (écologistes avant la lettre), je lui déclarai sans ambages :

– Tu sais, même s'ils ont écrasé ton père, je préfère toujours les chevaux aux voitures.

Elle interrompit sa marche indolente – ou plutôt : dolente et indolente – et se tourna vers moi en me considérant avec curiosité. Je m'aperçus qu'en réalité, depuis que nous causions, elle ne m'avait encore jamais vraiment regardé. Redressant la tête d'un geste fier, elle souffla sur une mèche qui avait tendance à recouvrir ses yeux.

–Ça… Moi aussi, bien sûr, je préfère les chevaux, dit-elle comme s'il s'agissait d'une évidence universellement admise. Et tu vois: mon père est mort et mon papa est vivant. Je ne peux donc pas savoir lequel je préfère. Ni lequel est le plus gentil. Pour moi, ce sont deux personnes différentes… Vous, les garçons, quand vous jouez à la guerre, vous criez toujours « T'es mort! »… Nous, les filles, on ne joue jamais à la mort.

Je me mordis vaguement la lèvre inférieure, perplexe: les différents fils argumentatifs de Béatrice semblaient enfin se nouer – la mort, les pères, la préférence, la gentillesse et, par association, les institutrices – mais au gré d'un nœud gordien à chaque instant plus inextricable.

–Bon, décida-t-elle soudain, je vais demander moi-même à ta maman si tu peux jouer au tennis avec moi.

Hélas pour elle, même à cet âge où il semble nous épargner ses ravages, le Temps est implacable: l'heure avait tourné, interrompant à un set partout le match opposant ma mère à ma tante que, du coup, plus rien n'opposait et qui, de concert, s'approchèrent de nous.

–Et alors, mon chéri, me fit rougir ma tante Suzy, tu t'es fait une nouvelle amie?

Béatrice, pourtant résolue, un instant plus tôt, à aborder ce qui était alors à ses yeux deux joueuses de tennis, se retrouvant soudain en face de deux dames, préféra s'éclipser sans même me dire au revoir et s'éloigna en baissant la tête, du même pas nonchalant que tout à l'heure.

Le lundi qui suivit, je pris, en compagnie de mon frère et de ma sœur, le chemin de l'école avec appréhension. Si, dans le cadre familial, je jouais volontiers avec les filles de mon âge, surtout avec ma cousine Marie, il n'en allait pas de même quand j'en sortais. Dans la cour de récréation, je ne fréquentais en effet que des garçons. Qu'allais-je faire de l'intimité, assez profonde, acquise le temps de deux sets au tennis, qui me liait désormais à Béatrice Delaheid-Wilkin ? Devais-je dire la vérité à mon ami Didier ? Ou prétendre que nous étions cousins et que nous ne nous en étions pas encore rendu compte ? Béatrice allait-elle participer de son plein gré à un tel mensonge ? Pas sûr ! Elle s'était montrée tellement imprévisible... Et puis... mon père m'avait appris à ne jamais mentir...

Au fond, je n'avais parlé à Béatrice qu'à la faveur d'une sorte d'extension de l'empire familial, sans franchir les bornes d'or de l'orbe maternel. Or, j'allais quitter le soleil pour l'ombre – le solaire pour le scolaire – : quelle règle alors devais-je suivre en ce qui concernait mon étrange condisciple ? Il me restait quelques minutes avant qu'une de nos institutrices ne fît retentir la cloche de l'école. Je pouvais encore réfléchir à la meilleure conduite à adopter.

Une fois passée la grille de l'établissement, l'allée qu'il nous fallait emprunter aboutissait à un escalier surplombant la cour de récréation. Laissant César, mon petit frère, rejoindre son meilleur ami et ma jeune sœur Albertine des petites filles dont j'ignorais le nom, je m'arrêtai un instant au sommet des marches, tel Napoléon observant la disposition de ses troupes sur le champ de bataille, à l'entame du combat. Je compris aussitôt, en voyant l'agitation formidable des unes et des autres, que je n'avais en réalité guère le choix : si, parfois, une fille, audacieuse ou inconsciente, se risquait à jouer au foot avec les garçons, jamais au grand jamais l'un de ceux-ci ne s'égarait au milieu de ses condisciples féminines. Je devais donc à tout prix éviter de me faire happer par Béatrice.

Même si je n'avais pas de longue-vue, de mon observatoire, j'examinai la situation. Par bonheur, Béatrice, qui me tournait le dos, n'avait pas encore remarqué ma présence : elle papotait avec une camarade que je ne pris pas le temps d'identifier : je me dirigeai aussitôt vers le coin de la cour où se trouvait mon ami Didier. Mais le mouvement spontané des enfants est aussi instable que celui d'un escadron pris dans la mêlée, des dizaines de corps, plus mobiles que des estafettes à cheval, tournoyant sans discontinuer autour de moi, je me retrouvai soudain, par hasard, quelques secondes avant d'atteindre mon objectif stratégique, nez à nez avec Béatrice Delaheid-Wilkin. Pris de court, du bout des lèvres, je balbutiai les mots :

– Bonjour, Béatrice…

Par bonheur, elle ne me répondit pas.

Corona *song*

Ici tout bouge, nage, fuit,
revient, se défait, se refait.
Tout cesse, sans cesse.
On dirait l'insurrection des molécules
à l'intérieur d'une pierre
un millième de seconde
avant qu'elle ne se désagrège.
C'est ça la littérature.

Samuel Beckett

À l'ami Luc

« Verte Vérité/Virulente Vérité du virus/Virus
vert de rage, vert d'orage/orage corona → coronorage
Corona → couronne. Couronne d'épines ?
déconfinement déconfit. »

Tiens ! Pour une fois, je suis plus au fait de l'air du temps que mon ordinateur : mon traitement de texte souligne en rouge le nom « déconfinement », pourtant devenu usuel.

Après avoir noté ces quelques mots, à tout hasard, dans l'espoir qu'ils s'agglutinent, s'ordonnent et s'harmonisent avec une grâce telle qu'en naîtrait une chanson nouvelle (ou du moins un texte quelconque dont je pourrais ensuite extraire une chanson), je ferme mon document *Word*, gagnée par un sentiment de léger découragement ou de « vanité » – aurais-je envie d'écrire si ce substantif ne contenait pas de désagréables connotations morales et religieuses. Faut-il chanter le virus, la pandémie, les malades, les morts, le confinement ?

Je regarde un instant autour de moi, comme si je cherchais à découvrir un aspect inconnu de cette pièce familière et trop encombrée qui me sert à la fois de bureau et de chambre – et peut-être aussi de grotte secrète, de terrier, de trou de souris. Mais puisqu'il nous est à nouveau permis de sortir et même, depuis aujourd'hui, de manger au restaurant, pourquoi n'irais-je pas faire un tour ? Je m'éloignerais ainsi de la couleur des murs – un vert d'eau tendant vers le kaki –, qui me rappelle un peu trop l'Autre. L'autre homme, l'homme ayant précédé N., l'homme avec lequel j'avais loué cet appartement, l'homme qui a repeint ces murs, dans cette couleur-là, vert d'eau ou vert asperge, je ne sais. Malgré cette trace de lui, je ne parviens plus à recréer en moi la sensation même de la vie à ses côtés, au quotidien. Se réveiller auprès de l'Autre, qui avait écrit pour moi une chanson s'ouvrant sur les mots « Mon sommeil m'abandonne », était-ce si différent ?

Avant d'éteindre mon ordinateur, je jette un œil à la boîte de réception de mon courriel. Un seul nouveau message me parvient : il a été envoyé par une espèce de gourou solitaire, plus pitoyable que charismatique, un certain Noéquicoule (j'ignore ce que cache ce pseudonyme ridicule), soucieux de partager *urbi et orbi* la Vérité qui lui est apparue avec une transcendante évidence : le Covid-19 n'existe pas ! Il s'agirait d'une *fake news* destinée à nous empoisonner tous et toutes au moyen d'un vaccin trompeur. À qui profiterait le crime ? Noéquicoule, soucieux de maintenir une forme de suspense, n'en dit rien, mais laisse entendre qu'il a démasqué les coupables et que ceux-ci ne perdent rien pour attendre. Sans doute s'agit-il des Vénusiens ou des Reptiliens. Pauvre Noéqui ! Son délire tarde à se propager. Parfois, je reçois les réponses que ses messages suscitent : ils émanent toujours de personnes qui le prient de retirer leur adresse de sa *newsletter* – demande que je lui ai déjà adressée cent fois, mais en vain. J'ai vaguement songé à lui écrire pour lui proposer une autre tactique : plutôt que de nier le mal qui nous angoisse, vous feriez mieux de nous proposer un remède miracle, cher gourou du Net.

Le fil de ma souris, un peu trop court, rend chaque manœuvre laborieuse, mais ne m'empêche pas de supprimer le message de Noéquicoule sans l'avoir ouvert. Et, tout en me promettant, une fois de plus, de réaménager mon bureau de façon plus pratique et ergonomique, je me demande s'ils sont nombreux à avoir erré ainsi, durant des années, comme Noéquicoule, au bord du gouffre, pour y basculer franchement à la faveur du confinement.

Le temps s'est rafraîchi subitement, paraît-il, et il est déjà tard, presque 21 heures, de sorte que ma manière de m'habiller contraste avec celle d'il y a deux jours. Je choisis, parmi mes masques en tissu, celui qui s'accorde le moins mal avec mon pantalon en velours patte d'eph, mon chemisier au col Claudine et mon gilet à dix boutons, tous trois d'une même variante de bleu marine. Je ne crois pas que l'on puisse dire que je sois coquette, surtout pour une chanteuse. Je dois plutôt donner l'impression du laisser-aller, de la décontraction, voire de la désinvolture. Mais certains détails appellent chez moi une forme de souci esthétique partiel, fragmenté, que j'espère invisible, ou du moins subliminal, comme si je m'interdisais, par manque de confiance dans mes goûts, de les afficher. (Au fond, j'atteins peut-être là le sommet de la coquetterie. Est-ce que les hommes se posent ce genre de questions ? Ne s'imposent-elles, encore et toujours, qu'aux femmes ?) C'est à se demander pourquoi et comment je suis devenue chanteuse. Moi qui, si longtemps, ai éprouvé le besoin de me cacher à cause d'un physique que je trouvais ingrat et d'un caractère que je croyais timide. D'où m'est venu le plaisir de monter sur scène ?

Remonterai-je un jour sur scène ?

Aux yeux de certaines personnes, je suis l'autrice-interprète de « Que le diable m'emporte ». Pour elles, je n'existais pas avant que soit diffusée cette chanson. Question : comment ai-je fait pour l'écrire ?

N. est allé rendre visite à sa vieille maman, à l'autre bout du pays. Il ne rentrera que très tard, à l'heure où la lune pénètre dans le salon.

L'air extérieur est frais, en effet. Bien que la rue soit déserte, je garde mon masque sur le bout de mon nez. Contrairement à la plupart de mes amies et de mes amis, je ne déteste pas le porter. J'aime sentir le tissu battre très légèrement au rythme de ma respiration. J'ai l'impression d'être en moi-même, protégée – non pas tant du coronavirus que d'un danger imaginaire comme quand, petite fille, je me figurais que je me mettais à l'abri de je ne sais plus quelle sorcière, de je ne sais plus quel fantôme, en enfouissant ma tête sous les draps. Le masque est pour moi une sorte de cabane enfantine portative. Cet effet est encore accru avec l'un des modèles que j'ai achetés dans un supermarché: il est fait de la même matière qu'un maillot de bain. Aussi, afin de mieux rêver à mes vacances d'enfant, je le trempe dans de l'eau salée après l'avoir lavé. Quand il se trouve ensuite sur le bout de mon nez, il joue, pour mes narines, le rôle d'un coquillage pour mes oreilles: je n'entends pas la mer, mais je crois la sentir.

Au surplus, je fais des économies de maquillage: inutile de mettre le rouge à lèvres rose Tiepolo dont j'ai l'habitude pour qu'il souille le tissu protecteur. Et je n'ai jamais été adepte du mascara. Certaines femmes s'en maquillent-elles davantage par compensation ? Je n'en ai pas l'impression. Le naturel semble reprendre ses droits.

Il faut toutefois, pour profiter de ces avantages chimériques, sociaux ou économiques, que j'aie troqué mes lunettes contre des lentilles. Sinon, une forte buée, venue d'on ne sait où, m'empêche de voir: l'isolement produit par le masque est alors trop complet et redevient angoissant.

Je me suis engagée rue du Postillon (soudain, le nom de cette rue, qui doit, historiquement, faire référence à un conducteur de malle-poste, ou à une autre réalité du même genre, me semble bien mal venu), une rue sans histoire, peu passante, et pourtant, j'y croise un homme, j'ai envie de dire un « monsieur », parce qu'il me paraît plus âgé que moi, masqué lui aussi, mais au moyen d'un masque chirurgical à usage (normalement) unique. Il me salue d'un hochement de tête affirmatif, qu'il complète par un « Bonjour » prononcé non dans sa barbe, car il semble glabre, mais dans du polypropylène, du polyamide ou du polyuréthane, que sais-je et que de « y » dans ce segment de phrase ! « Dans la douce laine du polypropylène… » Serait-il utile que je note ces mots-là aussi ?

Je réponds au salut du monsieur par un murmure inaudible doublé d'un sourire au trois-quarts mangé par mon masque en tissu bleu et dont mes yeux ne doivent transmettre que des miettes. Son demi-visage, en tout cas, me dit vaguement quelque chose et je le considère un instant de trop. Du coup, il a l'air d'hésiter, comme s'il voulait engager avec moi la conversation, me demander le chemin pour la poste de la rue du Postillon ou l'adresse d'un restaurant rouvrant ses portes, mais il poursuit son chemin. Peut-être s'agit-il d'une conséquence du port du masque : il me faut davantage de temps pour m'assurer que la personne en face de moi m'est inconnue. Pourquoi cet homme m'a-t-il saluée dans cette ville trop grande pour qu'on puisse y manifester à chacune et à chacun sa civilité ? Nous sommes-nous déjà rencontré.e.s quelque part ? Ou bien ce temps de pandémie a-t-il accru la politesse spontanée de citadins désireux de souligner leur commune appartenance à une espèce mortelle et menacée ? À moins encore que ce monsieur m'ait reconnue en tant que chanteuse ? Vu son âge et le temps qui a passé depuis ma courte période de gloire relative, l'hypothèse tient la route (et même la rue du Postillon).

Je me demande si le port du masque rend un peu d'anonymat aux vraies célébrités. Mick Jagger peut-il en profiter pour faire ses courses incognito au supermarché ?

Il faut avouer que je ne suis pas particulièrement physionomiste. J'envisage les visages plus que je ne les dévisage, c'est-à-dire que je les considère pour eux-mêmes, en quelque sorte : je sais que celui-là m'est inconnu, que j'ai déjà aperçu tel autre, mais je ne les rattache pas pour autant à une personne. Ils sont souvent sans identité, à mes yeux. Le port du masque n'arrange rien… Encore que… Mardi passé, une jeune femme, sur le Parvis de Saint-Gilles, m'a spontanément interpellée en prononçant mon prénom… Dans tous les cas de figure, j'aurais éprouvé des difficultés à retrouver le sien. Mais, comme elle était masquée, j'avais une bonne excuse : il m'était permis, sans être grossière, de ne pas l'identifier tout de suite. J'ai pu prendre le temps de faire fonctionner l'espèce de petit *Wikipédia* personnel que nous emportons partout, au creux de notre cerveau. J'avais une bonne excuse :

– Bonjour Fanny ! Avec le masque, je ne t'avais pas reconnue tout de suite. Comment vas-tu ?

Et le regard que les hommes posent sur nous ? Aurait-il changé ? Le masque les prive de l'image de notre bouche.

Il y a deux jours, comme je me promenais dans des rues alors plombées par une chaleur inhabituelle, en début d'après-midi, j'ai aperçu un jeune homme en face de moi sur le même trottoir, progressant avec souplesse, vêtu d'une chemise blanche et d'un bermuda bien coupé. Il considérait ma robe à la dérobée, d'un air décent. J'ai veillé à ne pas croiser son regard. Une fois à ma hauteur, ou plutôt juste à un mètre de moi, soudain, il a tourné franchement les yeux dans ma direction et s'est exclamé, en marquant son propos d'un sourire qui se voulait ironique :

– Quelles jolies jambes ! À quelle heure ouvrent-elles ?

J'ai été tellement stupéfaite qu'aucune réplique ne m'est venue à l'esprit. J'ai continué mon chemin en faisant mine de n'avoir rien entendu. Une fois rentrée, j'ai raconté l'incident à N., qui m'a répondu « Tu devrais être flattée d'encore subir de telles remarques alors que tu viens d'avoir cinquante ans ! » Il se croyait drôle : si j'avais été une femme violente, je l'aurais giflé. Je me suis contentée de lui tirer la langue de façon caricaturale, comme si je blaguais, moi aussi. Quand j'en ai parlé un peu plus tard, au téléphone, à ma nièce, qui est jeune et jolie comme il se doit, qui a l'âge de ses artères et de sa peau, elle m'a expliqué que toutes ses amies se plaignaient d'une recrudescence du harcèlement de rue depuis le début du confinement. Comment expliquer ce phénomène ? Est-ce parce que les rues sont désertes en plein jour comme au milieu de la nuit ? S'agit-il d'une contre-offensive qui profite du fait que *Metoo/Balance ton porc* ne fait plus l'actualité ? Ou bien d'une réaction à l'enfermement ? Ou au décompte journalier et journalistique des décès ?

Qu'est-ce qui est premier chez l'être humain ? L'attraction charnelle ou l'angoisse de la mort ?

J'ai quitté les rues dans lesquelles les immeubles, hauts et étroits, se serraient frileusement les uns contre les autres pour des avenues un peu plus larges, qui voient toujours les habitations se toucher, mais sans plus se presser, en prenant le temps de s'étendre quelque peu : le contact entre elles se fait d'ailleurs parfois seulement à hauteur d'un garage aux portes coulissantes. Si je continue de marcher dans la même direction, le mouvement s'amplifiera et je pourrai admirer des villas « quatre façades » entourées de jardins grillagés.

Avant cela, en bas de l'avenue, j'aperçois les lumières d'une brasserie. J'ai déjà mangé, et ne compte nullement boire, mais je m'en approche, comme s'il s'agissait d'un phénomène nouveau. En réalité, je n'avais jamais prêté attention à cet établissement, pourtant sis à quelques hectomètres de chez moi. Là, il m'attire, de façon peut-être un peu maladive, comme nous obsède un petit bout de pomme coincé entre deux dents. Nous sommes le lundi 8 juin 2020, jour de réouverture des restaurants. Il est 21 h 24.

Devant l'entrée de la brasserie, un tableau noir, au lieu d'afficher le menu ou le plat du jour, porte à la craie l'inscription suivante : « Lundi, c'est reparti mon kiki ! » 21 h 24 et l'intérieur de l'établissement est vide, si j'en excepte un homme derrière son comptoir et une dame que je vois sortir : elle récupère les pots de fleurs qu'elle avait posés dehors pour attirer non les abeilles, mais les premiers clients après plusieurs mois de fermeture obligatoire.

Déconfinement, déconfiture.

J'ai envie de pleurer.

Rue du Faire-valoir, sur la façade d'une maison, je vois trois ours en peluche, sagement assis au bord d'un appui de fenêtre. Le premier est rouge, le deuxième jaune, le troisième noir : serait-ce du patriotisme enfantin ?

Quand vais-je pouvoir chanter à nouveau ? Pourrai-je chanter à nouveau ? Quelle nouvelle chanson pourrais-je chanter ?

Contrairement à nombre de mes amis et amies musicien.ne.s et malgré mes difficultés financières, je ne sens battre dans mon cœur aucune colère. Autour de moi, chacun, chacune semble avoir une opinion claire. Les unes et les uns dénoncent l'abandon de la Culture, démasquent les masques et multiplient les commentaires argumentés au sujet des distances indistinctes, de cette coquine de chloroquine qui joue à cache-cache, de la *blue Suède solution*, de ce que raconte Comte-Sponville, du précédent de la grippe de Hong Kong en 1968, des causes de décès bien plus meurtrières et dont on ne parle guère, des sauterelles qui s'apprêtent à ravager les récoltes du Kenya, de la malaria, des suicides, des accidents de la route, du cancer et, surtout, surtout, des famines. Les autres répliquent en s'indignant : « Tu es dans le camp de Trump, de Bolsonaro ou de Boris Johnson ? » Ils et elles avancent les chiffres des victimes que le coronavirus aurait causées sans les mesures de confinement (mais d'où leur viennent, de part et d'autre, tous ces chiffres ?), s'exclament : « Et si la menace pesait sur les gosses et non sur les vieux, tu tiendrais le même discours ? », évoquent leur propre séjour à l'hôpital, un proche qui souffre de séquelles après plusieurs semaines de traitement, ou une sœur qui est infirmière et qui n'en peut plus. Certes, dans les deux camps, personne n'affiche le même degré de certitude que Noéquicoule : mes amies et mes amis acceptent le débat… Quant à moi, je suis tout à fait perdue, noyée, sans opinion stable. Seule.

D'autres encore, de tempérament optimiste (ou simplement pragmatique), ont profité du confinement pour écrire, dessiner, peindre, peaufiner leur technique instrumentale. Ils et elles ont posté sur *Facebook* quelques enregistrements réalisés dans leur salon avec les moyens du bord, en se moquant soudain de la qualité sonore qui les obsède d'ordinaire.

Pour ma part, j'ai songé à réaliser quelques reprises. Insolites, de préférence. Chanter les refrains de chanteuses injustement oubliées et n'ayant rien à voir avec mon répertoire. Catherine Sauvage, Marie-Paule Belle, Anne Sylvestre ou Colette Magny. Mais je n'en ai rien fait.

La lumière des lampadaires s'est lentement substituée à celle du jour, sans crier gare. Le milieu de la rue est sombre désormais et j'aperçois, à travers les fenêtres éclairées, quelques éclats d'intérieurs inconnus – un mur orangé, une bibliothèque, un tableau, une armoire de cuisine, un grand lustre en forme de gouvernail. J'imagine aussitôt que les habitants de ces espaces fermés sont heureux, sereins et productifs. Ou du moins que je le serais à leur place. Et que j'y façonnerais une chanson aussi belle qu'inattendue.

Est-il possible d'écrire comme si de rien n'était ? Peut-on traiter d'un autre sujet que la pandémie quand tout le monde ne pense qu'à elle ? Dans un mail, Séverine, une amie romancière, m'a expliqué que les éditeurs étaient d'ores et déjà submergés de manuscrits consacrés au confinement : des dizaines de journaux intimes qui affichent presque tous « pangolin » dans leur titre.

« Pangolin/pandémie – la pagode du pangolin – un pangolin sur la Pangée… »

Séverine aime les autrices et les auteurs qui décrivent le réel contemporain, Annie Ernaux ou Jean-Philippe Toussaint. Mais peut-être, m'explique-t-elle, faut-il aborder ce réel de biais, par petites touches, à travers tel geste quotidien, en décrivant un objet ultramoderne, en racontant une anecdote intime aux résonances universelles – et non une expérience directement commune. Et non un événement collectif récent.

Extrait du message de Séverine : « La guerre de Troie a dû patienter durant des siècles obscurs pour que naisse son Homère. La Première Guerre mondiale, plus rapide, plus moderne, plus pressée, a tout de même dû poireauter jusqu'en 1933 pour qu'en langue française paraisse le premier véritable chef-d'œuvre qui lui ait été consacré : *Le Voyage au bout de la nuit*. À quand un *Voyage au bout de la pandémie* ? Quelle Muse chantera le combat d'un Achille de laboratoire contre le coronavirus ? »

Peut-être pourrais-je écrire une chanson sur les dessins d'enfants qui encouragent ou remercient les infirmières avec de grandes lettres patiemment coloriées sur un fond d'arc-en-ciel de convention ? En hésitant entre le nunuche et le cynisme…

Je suis rentrée dans mon appartement, toujours vide. En me savonnant les mains de façon sanitaire, je repense à cette information selon laquelle le virus aime se glisser sous les ongles : les femmes qui laissent pousser les leurs sont-elles davantage menacées que les autres ? Doivent-elles user d'une petite brosse pour bien se savonner ?

Machinalement s'acheminent mes mains vers la machine : je rallume mon ordinateur. J'ai reçu un seul nouveau mail. Le nom de l'expéditeur ne me dit rien du tout. Je comprends bientôt qu'il s'agit du monsieur croisé rue du Postillon. Il se doute bien que je ne l'ai pas reconnu tout à l'heure. Nous nous sommes rencontré.e.s après un concert, me rappelle-t-il avec amabilité. Il est poète et rêve que j'interprète l'un de ses textes.

Cela m'arrive de temps en temps. Ce sont toujours des hommes qui m'envoient ainsi gentiment les paroles que ma voix leur a inspirées. L'intention est bienveillante, mais je m'étonne : mes auditeurs n'ont-ils pas remarqué que, désormais, j'écrivais mes textes moi-même ?

De m'avoir saluée dans la rue a donné à ce monsieur le courage de m'envoyer deux poèmes récents, inspirés par la pandémie. Il espère ne pas m'importuner et me salue respectueusement. Un document *Word* est glissé dans son message.

Est-ce du corona la rougeâtre couronne
Qui sur nos corps lui a donné les pleins pouvoirs
Comme un roi courroucé qui tue ou qui pardonne ?

Que les savants rêvant d'emporter la victoire,
De virer ce virus de son trône vivant
– Virus viril, virus vicié, virus miroir

De nos erreurs envers le Temps, envers le vent,
De nos terreurs face à la faune ou à la flore –,
Décapitent ce roi au royaume mouvant
Afin qu'un jour nouveau puisse à nouveau éclore !

Ton courroux coruscant, Corona, sur nos corps,
Impose sa couronne et son sceptre viral
Comme un vil Attila invisible et spectral,
Qui ravage le sang en un temps dit « record ».

Virus viril, virus vicié, virus retors,
Sais-tu qu'en étendant ton empire en spirale
Tu raccourcis d'autant notre espace claustral
Autant que notre temps que tu tends vers la mort ?

Mais nous rêvons, virus sans foi et sans émoi,
De te virer, virus, virulemment, crois-moi !
Pour briser ta couronne, écœurant Corona !

Et puis sur nos brisées détrôner d'autres rois,
Raviver d'autres vies, libérer d'autres proies,
Et rendre enfin au ciel l'azur qu'il nous donna !

Il m'est impossible de juger des vers aussi classiques. Peut-être est-ce beau. Comment savoir ? Le vieil alexandrin contraste en tout cas avec l'actualité du thème ! Mais c'est inchantable, je le crains. Je répondrai demain à ce monsieur, poliment, et par la négative.

Tournant mon regard vers le haut en éprouvant le désir d'allumer une cigarette alors que je n'ai jamais fumé, je songe à mon dernier concert. (Et, tout en revivant celui-ci, l'ambiguïté de l'expression « mon dernier concert » me saute à l'esprit : elle peut aussi bien désigner le dernier en date que le tout dernier.)

Il avait eu lieu dans les caves du *Chat qui donne sa langue au chien*, sous de jolies voûtes en briques. Le plafond y est assez bas, de sorte que la scène est à peine surélevée d'une dizaine de centimètres. Comme je suis plutôt petite, je risquais d'être difficile à apercevoir, dans cette salle où l'on se tient debout, pour les spectateurs et spectatrices relégués au dernier rang. Mais il n'y avait pas de souci à avoir de ce côté-là : le public était clairsemé. Et l'air me semblait un peu trop humide pour ma voix.

Nous étions deux sur scène : N. à la guitare et aux divers effets sonores et moi à la voix (et parfois au tambourin). Nous avons voulu commencer fort. J'ai entamé le set par « Que le diable m'emporte ! », ma chanson récente la plus connue, dont j'ai écrit les paroles et dont N. a composé la mélodie. Mais les applaudissements qui ont suivi m'ont semblé conventionnels, polis, sans enthousiasme. L'air humide sans doute, qu'il fallait réchauffer. Après trois ou quatre morceaux, j'ai entendu, au moment de reprendre mon souffle, le bourdonnement de plusieurs conversations, ce qui prouvait que certains spectateurs ne se sentaient pas tenus de se taire quand nous jouions. J'avais l'impression d'être une prof incapable de tenir sa classe. N. n'osait pas tourner vers moi son regard : il se concentrait sur sa guitare et sur sa pédale d'effet. Comme s'ils sentaient notre gêne, d'autres spectateurs se sont mis à applaudir avec plus de force, et même à crier des « Bravo » ou des « Yeah ! », qui m'ont paru sonner un peu faux.

Dès que les dernières notes d'un morceau se sont tues, j'ai regardé N. de façon insistante. Il a levé un instant les yeux de sa guitare et, devinant la question que je ne lui avais pas encore posée, il a acquiescé d'un bref mouvement de tête. J'ai annoncé une chanson de mon ancien répertoire, une chanson du siècle précédent, du millénaire précédent, que je n'interprétais plus depuis longtemps. Puis je me suis emparée de deux baguettes et j'ai frappé de toutes mes forces sur le tambourin en obéissant à un rythme martial. La guitare de N. a résonné d'une suite de six notes tournant en boucle, des notes jadis composées pour moi par l'Autre, l'autre homme, l'homme de mon autre vie, l'homme qui a repeint la pièce dans laquelle je me trouve à présent. Et ma voix s'est coulée à nouveau dans les mots que l'Autre avait écrits pour moi à l'époque : « Mon sommeil m'abando-onne Me laisse à nouveau là Dans cette vie monoto-one Dont mes rêves ne veulent pas… » J'ai à nouveau tourné les yeux vers N., afin de le remercier. Mais il demeurait concentré sur cette musique qui ne lui appartenait pas. Comme moi, il a dû sentir la tension monter d'un cran dans la salle, parcourue par une électricité particulière. Les conversations éparses se sont tues. J'entendais le silence sous ma voix et sous la guitare de N. Puis les spectateurs se sont mis à accompagner mon tambourin en frappant dans les mains en cadence. Et certaines voix, qui connaissaient encore les mots écrits par l'Autre, ont soutenu la mienne. Il aurait fallu que la chanson ne s'arrête jamais, que les boucles entêtantes des six notes se répètent à l'infini, car nous étions heureux ainsi, N., le public et moi. Mais les applaudissements nourris qui allaient suivre risquaient d'être difficiles à recevoir.

Quand pourrai-je enfin me passer de l'Autre ?

Voilà, peut-être, la chanson qu'il me faudrait écrire pour me débarrasser de mon passé, pour remonter sur scène et relancer ma carrière à nouveaux frais : une chanson au présent, qui évoquerait bel et bien notre expérience commune, la virulence du virus vert de rage et la pandémie anémiante, qui décrirait finement le confinement, mais sur le côté, en filigrane, au travers de détails anodins qui traduiraient mon embarras, mes incertitudes, mon questionnement permanent et mes angoisses de femme irrésolue – ou plutôt d'être humain égaré, ignorant qui il est au juste et dans quel monde invisible il vit.

Latitude 50° 38' 01" Nord

Qu'on ne sait plus s'il neige
S'il neige sur Liège
Ou si c'est Liège qui neige vers le ciel

Jacques Brel

Aux amies Marie-Soleil et Sophie

Par la fenêtre, j'observe Liv, ma voisine, qui, malgré le port d'un anorak épais de nature à entraver ses mouvements, donne de vigoureux coups de pelle dans les congères amassées sur le trottoir. La couleur vive de son vêtement (un rouge sang de bœuf) contraste avec la blancheur brûlante de la neige à travers laquelle elle cherche à dégager un passage.

Toute à sa tâche, elle n'a pas senti mon regard se poser sur elle. Il faut dire que ma fenêtre est aux trois quarts recouverte par un rideau à peine entrouvert, de sorte que je vois mon reflet sur la partie de la double vitre demeurée dans l'obscurité : la même image capte l'immobilité de mon visage et les mouvements de ma voisine. Dans cette position, quand je regarde l'Autre sans être vu d'elle ou de lui, j'éprouve la sensation, étrange et injustifiée, d'être profondément moi-même – ou moins non-moi-même que d'habitude, comme on voudra. C'est ainsi que je me ressemble le mieux, en quelque sorte, mais en vertu d'une ressemblance fortuite et momentanée, comme, par exemple, entre un Chinois et un Mexicain.

Pourtant, à cause de la distance, de la vitre et de l'absence d'interaction, la vie humaine – ou plutôt l'agitation humaine – qui s'offre ainsi à ma contemplation me paraît tout à fait absurde. Pourquoi Liv se fatigue-t-elle ainsi ? Dans un peu plus d'une semaine, nous allons passer de la saison froide à la saison chaude, de façon si brusque que le soleil, en retrouvant son ardeur, fera fondre les mètres cubes de glace et de neige qui structurent à présent l'espace urbain. Le changement sera si brutal qu'il faudra veiller aux avaloirs, ainsi qu'aux égouts, et prendre des mesures strictes pour éviter les inondations.

Et c'est seulement quand tout risque de débordement des eaux sera écarté qu'Elle reviendra – Elle, Jannalyah, comme j'ai finalement appris qu'elle se prénommait.

Jannalyah et les siens font tous et toutes partie des H. A., qui ont à la fois les droits politiques et l'argent nécessaires pour changer d'hémisphère en fonction des saisons. Par miracle, Liège, au début de l'été, est particulièrement agréable à vivre, dirait-on, puisqu'ils et elles y ont élu domicile durant deux mois, non loin de chez moi, sur la colline de Cointe, à l'extrémité du réseau, dans une zone qui bénéficie des infrastructures urbaines sans souffrir de la promiscuité intracitadine.

J'attends avec impatience la réapparition souveraine de Jannalyah : le printemps n'existe plus, mais, en mon cœur, une femme a pris la place des hirondelles.

Malgré la perspective réjouissante du retour de mon secret amour, je me suis levé aujourd'hui avec difficulté, sans raison apparente, comme si, pendant la nuit, mes rêves obsédants m'avaient volé un organe – cette espèce de poumon qui vous donne l'énergie et le goût de vivre. Mes désirs me semblaient étrangers à moi-même, vains, dérisoires, fatigants. J'étais prêt, sans savoir au juste d'où me venaient ces sentiments dépressifs, à accueillir en mon intérieur le froid extérieur. Mon état d'esprit était aux antipodes de celui qui anime à présent Liv, toujours occupée à déplacer avec obstination des tas de neige glacée. J'ai tout de même consulté mon calendrier électronique pour mesurer l'ampleur des obligations du jour. J'ai compris alors pourquoi j'étais dans cet état. Aujourd'hui, nous fêtons – ou plutôt nous défaitons – l'anniversaire du décès de mon père, cet homme généreux parti beaucoup trop tôt, il y a dix ans.

Soudain, en observant ma voisine qui continue à se battre contre les éléments (échauffée par ses propres mouvements, elle a ôté son anorak rouge et gagne ainsi en efficacité), je me dis que la mort a peut-être eu raison. La disparition du Gulf Stream, les étés étouffants, les hivers atrocement rigoureux, l'échec de l'écologie active, la fin des idéaux égalitaires pour lesquels il s'était battu toute sa vie : il valait mieux que mon père meure avant le grand basculement.

Je pousse un long soupir, toujours immobile, debout, devant ma fenêtre, épiant ma voisine. L'activité de celle-ci, petit à petit, retrouve du sens en mon esprit, comme une pièce de puzzle qui finit par se nicher à la bonne place. Voilà qu'à présent, Liv me paraît courageuse. D'ailleurs, cet adjectif lui convient à de nombreux égards. Elle m'a raconté son départ de Suède : quelle épopée ! Moi, je n'ai dû quitter que le pays de Herve pour profiter des structures urbaines hivernales (telles que les centres commerciaux souterrains, les routes déglacées au moyen de résistances chauffantes, le système de grande distribution tubulaire pénétrant les habitations, etc.), qui se sont révélées impossibles à mettre en place à la campagne. Liv, pour sa part, s'est retrouvée au milieu de millions de réfugiés climatiques, quand l'hiver est devenu encore plus invivable là-bas qu'ici. Une partie de ses proches en avaient tellement marre du froid, m'a-t-elle expliqué, qu'ils se sont installés dans le nord de l'Espagne, du côté de Valladolid, mais, à présent, ils suffoquent durant les étés torrides…

Je n'ai jamais été très bon en géographie : avant le grand basculement météorologique, je faisais partie de ceux qui croyaient qu'au vu des rigueurs des hivers qu'ils devaient affronter, les Montréalais vivaient dans le grand Nord américain… alors que Montréal se situe à la hauteur de Bordeaux, soit à 1 000 kilomètres au sud d'ici. Or, elles n'étaient déjà pas nombreuses, à l'époque, les villes situées à 1 000 kilomètres au nord de l'Amsterdam de l'Amérique du Nord… Cela aurait dû nous inciter à prendre grand soin du Gulf Stream…

Depuis que Liv a déposé sa parka sur un monticule de glace latéral, je peux mesurer son courage à une autre aune : ses vêtements. Malgré le froid, malgré la solitude que nous impose le climat, elle s'est habillée avec une certaine élégance. Son pantalon a presque l'air d'une robe !… Depuis quelque temps, je la soupçonne d'être amoureuse de moi. Mon reflet sur le double vitrage semble me dire qu'un tel sentiment de sa part est tout à fait aberrant. Non pas que je sois plus repoussant qu'un autre. Je ne suis pas moche : je suis quelconque, ce qui est pire ! Hideux, au moins sortirais-je du lot ! Pourtant, je n'ai guère de doute : Liv m'a envoyé des signes clairs, comme certains rires cristallins sanctionnant plusieurs de mes propos, qui échouaient pourtant à être spirituels. Elle ne va pas tarder à se déclarer ouvertement, à mon avis. Il est loin le temps où les filles n'avaient pas le droit d'exprimer leurs désirs de façon aussi claire que les garçons. Au moins, sur ce point précis, le monde a-t-il évolué dans le bon sens… Mais cela ne fait pas mon affaire, en l'occurrence. Car, comme je ne sais pas mentir, je vais être obligé d'avouer à Liv la vérité : je suis follement amoureux, depuis deux ans, d'une H. A., d'une Humaine Augmentée électroniquement, dont le prénom, Jannalyah, veut dire « Lune » et qui semble en effet venir d'un ailleurs lointain, lumineux, lilial, sélénique et inaccessible. Cela va lui paraître ridicule, puisque je n'ai absolument aucune chance de séduire Jannalyah. Mais comment est-il possible que l'Amour parvienne à se poser sur des objets proches, raisonnables, platement humains ? Jadis, l'état amoureux nous permettait d'idéaliser l'Autre, mais qu'en est-il de cette idéalisation quand des êtres *vraiment* idéaux vivent à portée de nos regards désirants ?

Combien d'heures ai-je passées à revoir mentalement la scène ? Jannalyah marchant sur l'avenue éclaboussée de soleil pur, entourée de ses amies, beauté qui se détachait d'autres beautés à peine moins éclatantes, en s'additionnant à celles-ci, comme si ses compagnes n'étaient que des ornements, les rimes d'un poème classique, prolongeant les plis pâles et pleins et les frissons ajourés de sa robe en dentelle des beaux jours, nuançant encore le camaïeu subtil des tissus variés composant son étole étoilée. Je contemple en ma mémoire son regard abstrait, d'une densité adamantine, comparable aux reflets d'une tourmaline maligne, son sourire en pétales pétulants, sa peau de marbre liquide et sa démarche qui faisait danser les particules d'air chaud autour de ses chevilles.

Chaque soir, mon activité principale consiste à imaginer la meilleure façon d'enfin aborder Jannalyah. Il me faut fixer précisément chaque terme du discours que je lui adresserai. Pour bien faire, je m'inspire de la littérature *humaine augmentée*, pourtant si difficile à lire. Je ne dois rien laisser au hasard, si je veux être le premier homme ordinaire à séduire une H. A. La moindre erreur serait fatale, car la puce installée dans le cerveau de Jannalyah lui permet de stocker ses souvenirs et de garder ainsi la trace du moindre faux pas d'autrui !

J'ai sans doute eu tort de dire ma pauvre vérité d'amoureux transi à Liv. Qu'est-ce qui m'a pris ? Je me rends compte, depuis lors, que, si je me sentais incapable de tomber amoureux d'elle, je m'étais attaché petit à petit à sa personne, à son courage, à sa finesse d'esprit et à cet accent tintant de touches inattendues son français comme son anglais. En tout cas, quand, un peu plus tard, je l'ai vue se promener sur le boulevard ensoleillé, en robe légère, au bras d'un inconnu, j'ai bien dû constater que je souffrais de jalousie.

Aurais-je éprouvé ce sentiment honteux et vulgaire si Jannalyah était réapparue ? Comment savoir ? Une chose est sûre : non seulement Jannalyah et les siens ne sont pas encore repassés par ici, mais, surtout, il est à craindre qu'ils ne reviennent jamais. La grande demeure qu'ils occupent d'ordinaire est en effet habitée par d'autres H. A., des H. A. d'un genre nouveau, autant que je puisse en juger. Ils sont affreux : leur intelligence supérieure ne les a guère poussés, comme Jannalyah et ses amies, à parfaire leur beauté. Sous des traits étrangement mobiles, leur peau, loin de présenter la fixité tendre et tranquille du marbre blanc, ressemble aux écailles du caméléon panthère, comme si l'on voyait à travers son tissu transparent le mouvement infini des atomes qui forment la matière.

Jannalyah et ses proches ont peut-être choisi, pour passer les premiers beaux jours, une autre villégiature que Liège ? Quelle présomption de ma part d'avoir cru incontournable ma pauvre petite ville ? Comment ai-je pu penser que j'étais capable de prédire les migrations des Humains Améliorés ?

Je viens de comprendre ma méprise, ce matin, en les croisant, par hasard, dans la lumière éclatante qui fige le réel. C'est d'abord son frère (ou plutôt celui que j'imagine être son frère) que j'ai reconnu. Je me suis immobilisé sur le trottoir de l'avenue, à quelques mètres d'eux, qui marchaient dans ma direction. Puisque cet être monstrueux est son frère, ai-je songé, la personne progressant à ses côtés, c'est-à-dire l'espèce de sorcière hautaine au teint kaléidoscopique dont l'incarnation passe du vert kaki à l'orange carotte, ce doit être Elle, Jannalyah ! Du regard, j'ai aussitôt cherché son regard, mais ses yeux ont traversé mes yeux sans les voir.

Je demeurais aussi immobile sur le trottoir que, quelques semaines plus tôt, à ma fenêtre en observant Liv. Jannalyah et son frère sont passés à ma hauteur sans s'étonner de mon attitude. Je me suis ensuite retourné. J'ai hésité à les suivre, mais je me suis contenté de les regarder s'éloigner. Jannalyah avait toujours la même allure gracieuse, lunaire et impériale : de dos, je parvenais enfin à la reconnaître.

Je comprends à présent que ce que j'avais pris pour de la laideur doit être considéré comme le stade ultime de la beauté, son apogée inaccessible. Cela fait un moment déjà que j'éprouve des difficultés à apprécier les productions culturelles prisées par les H. A., trop hermétiques, trop denses, trop riches. Voilà que je ne parviens même plus à comprendre et à goûter la splendeur de leurs corps telle que leurs cerveaux supérieurs les ont refaçonnés durant mon triste hiver. Je suis pareil à un analphabète incapable de prendre plaisir à la lecture silencieuse d'un roman écrit en une langue étrangère.

Nous qui sommes prisonniers six mois par an dans la ville enneigée et à peine plus libres de nos mouvements durant l'été brûlant, nous n'avons même plus le droit de nous évader en rêvant aux sphères supérieures de l'imagination plus qu'humaine.

Aux portes du ciel

N'attendons pas le bonheur
pour être heureux, mes amis !

Norge

À Laurence

Malgré sa foi sincère, Raymond, qui avait été, sa longue vie durant, un bon chrétien, un brave homme et un vrai patriote belgicain, fut plutôt surpris quand il s'aperçut, après avoir rendu son dernier souffle, qu'il y avait bel et bien une vie après la mort. Ce n'était donc pas une fable ! Il se sentit aussitôt coupable d'avoir douté de l'éternité de l'âme en prêtant attention aux propos des « esprits forts » – non pas des athées ou des agnostiques, dont les points de vue étaient trop éloignés du sien, mais des chrétiens « modernes » qui, tout en protestant de leur amour du Seigneur, voyaient des métaphores un peu partout dans les Saintes Écritures. Pourquoi, lors de l'enterrement de Francine, sa tendre épouse, décédée deux ans avant lui, Raymond avait-il pleuré toutes les larmes de ce qui était alors son corps si ce n'était parce qu'il avait un tant soit peu remis en question la survie de l'âme ?

Ses yeux, pour être désormais immatériels, n'en étaient pas moins écarquillés. À travers un brouillard de gouttelettes dorées, il devinait deux silhouettes fermes, immenses, hiératiques, à quelques mètres de lui, au pied d'une grande porte close. Son étonnement crût encore quand la vision se précisa : l'une des deux entités affichait clairement des attributs féminins. S'agissait-il de la Sainte Vierge ? Il ne la reconnaissait nullement. Pourquoi Marie porterait-elle cette espèce de sceptre ? Le nom de « Dieu » cachait-il une double entité ? Déesse-la-mère et Dieu-le-Père ?

Raymond atteignit la franche stupéfaction quand il comprit que les êtres surhumains qui l'accueillaient devant les portes du ciel n'avaient rien à voir avec la religion qui avait guidé sa vie entière. Ils n'appartenaient d'ailleurs pas davantage aux autres croyances les plus répandues sur Terre de nos jours (Islam, Judaïsme, Hindouisme, Bouddhisme, Shintoïsme, Scientologie, etc.), mais correspondaient à un culte depuis longtemps disparu. Pas de doute : son âme devait se prosterner aux pieds de celui et de celle qui avaient régné sur les dieux d'Homère : Zeus et Héra !

Lorsque Raymond fit état de son parcours terrestre, Zeus à la noire nuée lui reprocha de n'avoir participé à aucune guerre. À peine en avait-il vécu une dans la petite enfance ! Héra aux bras blancs lui reconnut cependant des circonstances atténuantes : les batailles, désormais, dépendaient davantage de l'efficacité des armes que du courage des héros. Elles avaient donc perdu de leur intérêt.

La colère du Père des dieux monta d'un cran quand il fut question du palmarès amoureux du défunt.

–Tu n'as aimé qu'une seule femme durant une aussi longue vie ? C'est honteux !

–Euh, j'ai cru bien faire, se défendit le brave Raymond.

–Mais pourquoi cela? N'ai-je pas donné le bon exemple en multipliant les conquêtes? insista Zeus assembleur de nuées sans se soucier de la grimace d'Héra. Ne suis-je pas allé jusqu'à me métamorphoser en pluie, en taureau blanc, en cygne, pour honorer des déesses, des pléiades, des titanides et des mortelles?

« Zeus, se dit Raymond, n'a l'air d'être au courant ni de sa perte de crédit sur Terre ni de l'ascendant qu'ont pris sur les humains d'autres dieux, moins permissifs que lui sur le plan sexuel… » Il ne lui parut pas nécessaire d'éclairer la divine lanterne à cet égard.

–J'ai le sentiment que vous êtes capable de repentance, déclara Héra aux yeux de vache. Aussi, avant de franchir les portes des Champs Élysées, allez-vous retourner sur Terre afin d'y faire pénitence.

« Une sorte de Purgatoire », traduisit *in petto* Raymond, qui n'était pas au bout de ses surprises.

–Et quelle sera ma pénitence? Venir en aide aux pauvres?

–Vous n'y êtes pas, reprit Héra.

–Ton devoir sera de faire l'amour avec une mortelle dans chacun des pays que compte la planète, précisa le Cronide, d'un air blasé.

Pris de panique, Raymond bredouilla pendant quelques secondes qui, même en regard de l'éternité, lui parurent très longues. Son absence de main désigna son absence de corps comme pour signifier: « Mais comment voulez-vous que je fasse dans l'état où je suis et/ou dans l'état où j'ai quitté la Vie? »

–Ne vous affolez pas, lui dit Héra aux bras blancs. Vous allez vous réincarner. Et dans un corps de l'âge que vous voudrez.

– Tu peux même choisir de te métamorphoser en cygne, ironisa Zeus, mais ce n'est pas très pratique…

De multiples questions se bousculèrent dans l'esprit pur du pur esprit qu'était devenu le bon Raymond. Il se sentait tellement fatigué qu'il aurait préféré aller se reposer tout de suite – et pour toujours – dans les Champs Élyséens. Et puis, à vrai dire, il n'avait jamais été un grand séducteur… Mais il était visiblement inutile de protester. La décision du couple divin était irrévocable : il allait devoir repasser quelques fois par le septième ciel avant de se rendre au Ciel unique. Pour se donner du courage, Raymond osa cependant encore demander :

– Une fois ma mission accomplie, retrouverai-je, dans votre Paradis, Francine, ma tendre épouse ?

Zeus et Héra échangèrent un sourire complice. Quel était le sens de celui-ci ? Était-il motivé par ce mot désuet de « Paradis », par la naïveté du défunt, ou par la réponse qu'il convenait d'apporter à sa question ?

– Oui, répondit la reine des déesses. Sachez que cette mortelle a subi la même peine que vous : elle a dû aimer un homme par pays avant de rejoindre l'île des bienheureux…

Dans un premier temps, cette information flatta Raymond : comme il l'espérait, Francine lui avait donc été scrupuleusement fidèle durant sa vie de mortelle. Mais, dans un second temps…

– Ça alors ! s'esbaudit-il. Elle n'est morte que depuis deux ans ! Il ne lui a fallu que deux ans pour…

– Moins que cela, l'interrompit Zeus assembleur de nuées.

Quinze années ont passé. Un jour rose orangé se lève aux antipodes du pays natal de Raymond, c'est-à-dire en Nouvelle-Zélande, dans la cité de Christchurch, que l'humble pénitent a choisie pour son nom, au moment de finir son tour du monde sexuel, par dérision à l'égard de son ancienne foi. Il quitte discrètement la chambre de la Néozélandaise qu'il a serrée tendrement dans ses bras durant la nuit. Il sort, considère la voûte céleste : c'est la dernière fois qu'il l'admire d'en bas. Car il a exécuté sa peine. Alors, il met en bouche la plante inconnue qui doit, sans le faire souffrir, lui faire regagner les portes du ciel.

–Mais que fais-tu là ? fronce les sourcils Zeus. Ta mission n'est pas encore accomplie.

–Euh, mais… Seigneur…

–Ne m'appelle pas « Seigneur » !

–Euh, grand Zeus aux yeux pers…

–Comment ça « aux yeux pers » ? Tu me confonds avec Athéna, ma fille !

–Laisse-le parler, intervient Héra.

–Je crois vraiment avoir purgé ma peine : j'ai aimé une femme dans chaque pays !

–Et la terre de vos ancêtres ? lui demande la gardienne de la fécondité.

–La noble Belgique ? Mais j'y avais fait l'amour avec Francine, ma tendre épouse, lors de ma première vie… Je croyais que cela comptait.

–Certes, s'il s'agissait d'un pays normal, cela compterait, concède Héra, mais entre-temps le peuple auquel tu as appartenu a cessé d'exister en tant que tel…

–Il faut que tu retournes *illico presto* sur Terre, ordonne Zeus, car tu as quatre nouveaux pays à arpenter : la République des Flandres, Bruxelles-district européen, le Royaume résiduel de Wallonie et le petit saint Empire romain germanique d'Eupen !

Noir, jaune, roche

Je pensais que la conversation
s'en tiendrait là, mais,
alors que je me disposais
à quitter le comptoir, me retenant par le bras,
il m'a dit Gimondi.
Van Springel, répondis-je.
Planckaert, ajoutai-je,
Dierieckx, Willems, Van Impe, de Vlaeminck,
Roger de Vlaeminck et son frère Éric.
Que pouvait-on répondre à cela ?

Jean-Philippe Toussaint, *La Salle de bain*

À Lucien, mon fils aîné,
ouistiti des cimes de mon cœur

Marie-Martine Soulage de Chèvremont de saint-Non a été nommée par la Communauté Wallonie-Bruxelles à un poste d'« ALAC » (soit Agente de Liaison Académique et Culturelle), ce qui fait qu'on la surnomme désormais « ALAC de la Martine » : non, ce n'est pas vrai, mais peu importe, sachez seulement que la mission des ALAC correspond plus ou moins à celle des lectrices et des lecteurs de naguère, qui enseignaient le français dans les universités étrangères. Mais ma lectrice à moi et mon petit lecteur *perso*, qui ne changeront jamais de titre dans mon cœur, ne doivent pas trop s'en soucier, ceci n'étant qu'un préambule à une nouvelle qui traite d'un tout autre sujet. En effet, nous quitterons bientôt (peut-être à regret) Marie-Martine au profit de Philippe Brankart.

Tout cela pour placer notre ALAC dans une classe appartenant à une université espagnole. Disons Salamanque. Devant elle, des Espagnoles, des Espagnols. Et Mike, un étudiant américain, qui se retrouve là pour je ne sais quelle raison. Marie-Martine s'apprête à donner un cours au sujet de la Belgique – car même si elle ne doit son salaire qu'à la partie francophone du pays, elle a le droit de parler de son ensemble, Flandre comprise. En guise d'introduction, elle tient à demander à ses étudiant·e·s ce qu'ils en connaissent, de sa petite patrie. Comme elle se doute que la question est plus difficile pour lui que pour le reste de l'auditoire, elle s'adresse d'abord à Mike :

– Que savez-vous de la Belgique ?

– *Sorry. Nothing.* Rien, répond le jeune Yankee en souriant d'un air embarrassé.

Ensuite vient le tour des étudiant·e·s espagnol·e·s : ils et elles en appellent uniquement, si l'on excepte la bière et l'Atomium, à des références culturelles et gustatives qui renvoient peu ou prou au monde de l'enfance, comme si ce pays, somme toute assez jeune, n'était jamais devenu adulte : le chocolat, Manneken-Pis, Tintin et les Pitufos (alias les Schtroumpfs). C'est tout. Elles et ils auraient sans doute ajouté à ce palmarès Lucky Luke, bien connu dans la péninsule, mais, comme son souriant scénariste, le Français René Goscinny, est plus célèbre que Morris, son dessinateur natif de Courtrai, personne dans la salle ne rattache le *poor lonesome cow-boy* au plat pays. Et la surprise, voire l'indignation, des étudiant·e·s ne sera pas feinte, un peu plus tard, quand Marie-Martine prétendra que « leur » Charles Quint naquit à Gand !

– Rien d'autre ?

Rien d'autre. L'ALAC a donc fort à faire et beaucoup à dire.

Soudain, alors que personne ne s'y attend, Mike, l'étudiant étasunien, lève la main. Marie-Martine redoute le pire : qu'il parle de fromage de Gouda, d'Astérix ou de l'Acropole. Mais non :

– Je crois que je connais quelque chose de la Belgique, *but I'm not sure* : la course à vélo Liège-Bastogne-Liège, c'est bien dans la Belgique ?

C'est au mitan du XXe siècle que les derniers faucons pèlerins se sont envolés à tire-d'aile loin de leur aire de la Roche-aux-Faucons (que l'on n'appelle pas pour autant depuis lors la Oche-aux-faucons) et depuis le début du XXIe siècle qu'y passe désormais le peloton de Liège-Bastogne-Liège, course cycliste légendaire qui trouve là un de ses champs de bataille les plus pentus.

Plus de pèlerin, donc, mais un peloton en pèlerinage et en nage. Plus de faucon, mais un champion ayant faussé compagnie à ses compagnons d'échappée.

Philippe Brankart, puisque c'est de lui qu'il s'agit, jeune coureur habitant la région, que le public reconnaît de loin à son maillot de champion de Belgique, noir jaune rouge, est en effet seul en tête. Il affronte, arc-bouté sur sa machine, les terribles pourcentages de la côte de la Roche-aux-faucons.

Arrivé au premier tiers de la montée, c'est-à-dire dans sa partie la plus raide, la plus rude, sur une route étroite, entre deux rangées de supporters qui crient son nom ou son prénom, il apprend qu'il compte désormais 45 secondes d'avance, Brankart, sur les gros braquets qui le poursuivent. Mais quand bien même l'écart serait-il monté à dix minutes, que représenteraient celles-ci en regard des 370 millions d'années qui séparent le présent de l'époque où, au même endroit, s'étalait voluptueusement une mer chaude, claire comme de l'eau de roche, peu profonde et grouillante de vie animale ? Y songe-t-il en appuyant de toutes ses forces sur les pédales, Philippe Brankart ? Il lui aurait fallu alors, pour espérer remporter Liège-Bastogne-Liège, troquer sa bicyclette contre un pédalo ! Se rend-il compte, le champion de Belgique, noir jaune roche, que le calcaire qui constitue ce sol si dur, sous le tarmac de la route, est composé des restes compressés de milliards d'animalcules marins ? De coraux qui lui sembleraient exotiques ? De stromatopores et de stromatolithes ? D'éponges qui pourraient le rafraîchir et d'algues aussi bleues qu'est noir jaune rouge son beau maillot ?

Non. Philippe Brankart n'y songe guère. D'autres hommes sont à ses trousses, qui veulent sa mort symbolique. Il doit leur résister : la victoire est à ce prix. Voilà qu'il arrive au sommet de la première partie de la côte et il a conservé ses précieuses 45 secondes de marge. La route va à présent descendre durant une centaine de mètres pour remonter ensuite, de façon moins rude, moins raide, mais plus pernicieuse – la pente, perfide, trompeuse, usant les organismes à petit feu après la flambée du tronçon initial : le cycliste qui la découvre croit atteindre le sommet au premier tournant alors que de longues lignes droites entre les prés l'attendent encore, interminables, sempiternelles, sans pitié. Philippe Brankart a encore des réserves d'énergie, mais il sait que, s'il devait être rattrapé par l'un ou l'autre de ses adversaires, toutes ses forces disparaîtraient en un instant, comme sous l'effet d'un philtre nocif, comme si le champion de Belgique recevait sur la tête un coup de hache taillée, de galet-percuteur, de crapaudine, de pointe de Zonhoven, de rhombe, de grattoir museau ou de burin sur troncature issu de l'industrie lithique du Mésolithique et des mains des hommes dits autrefois « des cavernes » qui habitaient aux alentours il y a plus ou moins 7 000 ans (alors que notre coureur, trop prudent dans la descente, n'a plus qu'une trentaine de secondes d'avance au moment d'aborder la dernière partie de la côte), ou d'un autre outil en silex retrouvé dans les parages et répertorié par les savants de l'université locale.

Descend-il en droite ligne d'une femme et d'un homme préhistoriques qui vivaient au bord de la falaise ? Il n'en sait rien, Philippe Brankart. D'ailleurs, il ne descend plus, il monte. Il grimpe. Et autour de lui, des femmes et des hommes, anonymes mais « historiques » (puisqu'appartenant à une civilisation inscrite dans l'Histoire), crient son nom, le diminutif de son prénom ou son surnom – « Allez Phil ! » ; « Allez Brankart ! » ; « Allez noir-jaune-roche ! » – dans l'espoir de transmettre par la force de la voix un surcroît de force à ses mollets et ses cuisses tendues à faire craquer son cuissard.

L'écart se stabilise autour d'une trentaine de secondes. Les champions du reste du monde coalisés contre lui s'observent peut-être en chien de faïence, dans son dos, privilégiant la tactique au détriment du panache.

30 secondes alors que 300 millions d'années plus tôt, la plaque tectonique africaine entrait en collision avec son homologue européenne, formant ainsi un continent unique et mythique, la Pangée, et déformant ici même le sol au gré d'un plissement hercynien.

Mais c'est à l'Ourthe, la rivière patiente, chantée par un poète liégeois au nom de col du Tour de France, Izoard, que Phil doit le raidillon impressionnant qui est en train de faire sa gloire – l'Ourthe qui a creusé le calcaire non pas durant 30 secondes mais durant deux millions d'années.

Il est parfois philosophe, Phil, dans la vie courante : il lui arrive de se demander pourquoi diable il est sur la terre en tenue de cycliste et non en habit d'homme de Cro-Magnon. Mais pour le moment, non. Quand il gravit les derniers hectomètres de cette côte interminable, il ne s'interroge pas sur son destin. Le sens de la vie est clair, droit devant : il lui faut gagner Liège-Bastogne-Liège. On réfléchira après.

Il ne se demande pas non plus pourquoi il aime tellement le vélo. Sans doute, au départ, dans l'enfance, a-t-il éprouvé une allégresse angélique en pédalant sur une route plate, ou en légère descente : il progressait bien plus vite qu'en marchant, sans pour autant produire davantage d'effort ; ses pieds ayant quitté le sol, il s'envolait, libre et ivre comme un colibri. Et, ainsi, il devenait pleinement humain, car l'*homo sapiens sapiens* est l'animal qui ne se satisfait guère de son corps et qui trouve son accomplissement souverain grâce à l'outil, depuis le burin sur troncature jusqu'au stylo à bille, alors que l'inhumanité commence lorsque, sur lui, la machine prend le pouvoir. Divin mélange de muscle et de mécanique, de sang et de graisse lubrifiante, d'os et de métal, l'animal à vélo est le parangon de l'humain.

L'avancée libre dans l'air, le sol avalé, sur le plat, dans les descentes, d'accord, on comprend, mais ces côtes sadiques, comment peut-on aimer y pédaler ? Peut-être tout de même Philippe Brankart est-il en train de se poser la question, tout en souffrant sur sa bécane. C'est que, se répond-il alors en vitesse, la pratique dégoûte de la facilité et donne de la valeur à la douleur. Aujourd'hui, ce sont les montées que Phil préfère.

Notamment, la côte de la Roche-aux-faucons, où il s'entraîne souvent, qu'il connaît par cœur et par muscle. C'est désormais la dernière bosse à gravir sur le parcours de Liège-Bastogne-Liège. Sa tête sait qu'il est toujours en tête, et ses mollets qu'il s'approche du sommet. Encore un effort puis il basculera vers la ville et vers la victoire.

Pourtant, au gré d'un arrêt du temps, la côte de la Roche-aux-faucons refuse de finir : comme dans ces cauchemars où l'on court sans avancer d'un pas, la route semble s'allonger sous les roues de Philippe Brankart. Les gens autour de lui hurlent de plus en plus fort : il croit y entendre des encouragements, ou des mises en garde : ses adversaires s'approcheraient donc de lui ? Phil se redresse sur ses pédales. Rien n'y fait : la déclivité ne cesse d'augmenter. Mais Brankart s'obstine. Le sommet, le sommet, où est le sommet ? Le champion de Belgique ne pense même plus aux grimpeurs colombiens ou espagnols à sa poursuite ;

il n'entend plus les cris de la foule en délire tandis que la Roche-aux-faucons se métamorphose en Montagne rocheuse sous ses pneus. Son esprit le précède vers l'avant, seulement vers l'avant, dans le futur immédiat, alors que le passé immémorial est en train de se répéter. Il avait trente secondes d'avance, mais, comme il y a 30 millions d'années, l'Afrique, peut-être pour se venger des injustices du commerce mondial d'aujourd'hui, de la colonisation d'hier, de la traite des esclaves d'avant-hier, vient, à nouveau, de percuter avec violence la trop vieille Europe, provoquant çà et là, dans un fracas épouvantable, de nouveaux plissements de l'écorce terrestre. La Méditerranée disparaît en un instant, la Pangée se reforme d'un bloc et la Roche-aux-faucons se redresse presque à la verticale, comme un pont-levis. Mais, c'est trop bête, ce n'est pas le moment : Philippe Brankart, après avoir obtenu de nombreuses places d'honneur, allait enfin gagner Liège-Bastogne-Liège ! Qu'à cela ne tienne, il poursuit vaillamment son effort : Allez Phil ! Allez Brankart ! Allez noir jeune roche !

Le labyrinthe des rendez-vous

Et la marquise resta pensive.

Honoré de Balzac, *Sarrasine*

La chair des femmes a toujours occupé,
sans doute, une grande place dans mes rêves.

Alain Robbe-Grillet, *La Maison de rendez-vous*

La chair des mots a toujours occupé,
sans doute, une grande place dans mon travail.

Alain Robbe-Grillet, *Les Derniers jours de Corinthe*

À Jean-Marie Klinkenberg

La nuit était tombée, comme à son habitude – car la nuit, depuis la nuit des temps, tombe régulièrement, chaque jour, ou plutôt, pléonasme originel, chaque nuit –, et la remise du prix quinquennal était achevée depuis plusieurs minutes (car, selon toutes les montres et tous les *écophones* de Bruxelles-la-Neuve, il était déjà 22 heures) quand l'individu entra dans le grand salon.

L'homme était arrivé seul et, étrangement, personne ne vint à sa rencontre pour le saluer, de sorte qu'il demeura près de la grande porte lambrissée, immobile et silencieux, avec l'air d'un petit garçon au bord d'un bassin de natation, qui hésite à plonger dans l'eau froide et chlorée. Pourtant, il ne passait pas inaperçu. Or, à part les favoris, larges et fournis, qui encadraient son visage, rien ne le singularisait à première vue. Il était dès lors difficile de dire quelle force détournait vers lui tous les regards.

Et si, tout simplement, cet homme était beau ? Il ne pouvait certes pas se targuer d'un physique de dieu ou de héros grec – Apollon citharède ou Adonis – ni d'acteur sexy du XXe siècle – Ryan O'Neil dans *Barry Lyndon*, Alain Delon incarnant Tancrède dans *Le Guépard* de Visconti –, mais, à l'échelle du monde réel, les lois de la beauté masculine sont plus lâches qu'au cinéma ou dans la mythologie. Plus précisément, peut-être convient-il de distinguer la beauté-ampoule de la beauté-radiateur. Expliquons-nous. Une ampoule éclaire instantanément toute la pièce dans laquelle elle se trouve (du moins tant que sa lumière ne rencontre pas d'obstacle plus matériel qu'elle, table, chaise, lit, meuble, panier qui l'oblige à quelques concessions à l'ombre). Les rayons qu'elle émet n'avancent pas prudemment dans l'espace : dès qu'une main appuie sur l'interrupteur (qui, dans ce sens-là, devrait changer de nom pour s'appeler un « conducteur »), ils se précipitent, en moins de temps qu'il n'en faut pour le dire, jusqu'aux murs les plus proches. Au contraire, le radiateur, une fois mis en service, se montre prudent : il dispense sa chaleur d'abord dans l'air qui le jouxte et s'étend lentement, de proche en proche, pas à pas, dans le salon ou la chambre qu'il occupe. On a beau dire communément qu'on « allume » un radiateur, ses bienfaits ne se répandent pas à la vitesse de la lumière – ni même à celle du son ! Ainsi, certaines beautés illuminent le regard des humains aussitôt qu'elles entrent dans leur champ de vision. Elles vous traversent en allant directement des yeux au cerveau sans passer par la pensée articulée. D'autres vous réchauffent petit à petit le cœur. Elles prennent leur temps avant de venir vers vous, s'attardant dans votre regard et pénétrant votre cortex cérébral de biais, en se glissant d'abord dans une zone dévolue aux fonctions langagières. Les beautés-ampoules s'imposent à vous avant que vous n'ayez prononcé un traître mot : ce n'est que dans un second temps qu'elles suscitent un commentaire. Les beautés-radiateurs naissent, au contraire, de leur glose : elles ne vous touchent qu'après que vous vous êtes exclamé : « En fait, il n'est pas mal du tout, ce mec ! »

L'homme aux larges favoris qui venait d'entrer dans le salon appartenait indiscutablement au second type de beauté. De surcroît, il présentait la particularité suivante : son aspect non seulement intriguait avant de produire une émotion esthétique, mais en plus, il était de nature si discrète que chacune des femmes qui l'observait se croyait seule à ressentir un léger émoi, qu'en réalité toutes partageaient au même moment.

– Avez-vous remarqué cet homme aux favoris dignes du Maréchal Murat ? demanda Gauthier à Nora.

En effet, dans un coin du grand salon, près d'une haute fenêtre que parait un rideau de tulle moiré, nous retrouvons notre héroïne favorite et son complice habituel[1]. Il et elle s'amusaient, ce soir-là, un verre à la main, à deviner l'origine et la fonction sociales de chacun des invités à la cérémonie.

– C'est un sujet d'études intéressant, poursuivit Gauthier. *A priori*, il ne s'agit ni d'un journaliste ni d'un sportif…

1 Voir les dernières aventures de Nora : *Nora à la ferme*, *Nora au Congo*, *Nora et les héritiers* et *Nora tend un piège*.

– Pourquoi pas ? répliqua Nora en souriant de façon énigmatique. Ses lunettes pourraient appartenir à une personne qui passe sa vie devant un écran et ses larges épaules dénotent un corps bien bâti. Il doit faire davantage d'exercice physique que vous, mon cher…

– Cela n'en fait pas un sportif aguerri… Toujours est-il que l'élégance un peu désuète de cet individu aux favoris dignes d'Elvis Presley (période obèse) m'intrigue. Les journalistes sont tous désormais trop fauchés pour s'habiller ainsi. Les champions, au contraire, soit gardent leur tenue de combat même dans les manifestations solennelles, soit portent des vêtements beaucoup plus chers, ostensiblement chers, avec l'étiquette du prix apparente, ou peu s'en faut.

– Que de préjugés ! lança Nora sans se départir de son sourire ironique. Pourtant, vous avez raison : ce n'est ni un sportif, ni un journaliste. Je me demande d'ailleurs ce qu'il peut faire ici. Peut-être a-t-il été simplement attiré par la lumière…

– L'identité de cet individu, en déduisit Gauthier, ne vous est donc pas inconnue ?

Nora ne répondit pas immédiatement. Son regard se détourna de la salle et traversa la vitre de la fenêtre qui ouvrait un pan d'obscurité à côté d'eux. Dehors, un vaste jardin prenait les apparences d'un tableau ancien. En guise de cadre, il était bordé par une grille en fer forgé et des arbres nus et immobiles y jouaient le rôle de figurants, tout en rappelant aux vrais humains que, puisqu'ils n'avaient plus de feuilles, malgré la douceur de l'air, on était bel et bien en hiver. Enfin, trois mini-éoliennes, d'un modèle alors à la mode, ressemblaient à des héros antiques s'affrontant en un combat infini. Ces moulins à vent du monde moderne que ne défiait aucun don Quichotte brassaient l'air chacun à un rythme différent et alimentaient les ampoules du grand lustre qui éclairait les convives de ses milles feux.

– Bien sûr que je connais l'identité de cet individu, répondit enfin Nora.

– Et vous allez dire à votre meilleur ami de qui il s'agit au juste…

La jeune femme leva les sourcils de telle façon que ceux-ci dessinèrent au sommet de son visage deux arcs presque parfaits.

– Si vous voulez satisfaire votre curiosité au sujet de cet homme, dit-elle d'un ton mutin, il faudra satisfaire la mienne à votre égard.

– Que voulez-vous dire ? s'inquiéta Gauthier.

– Ne jouez pas les innocents ! Vous savez très bien que j'ai depuis longtemps envie de savoir ce que vous valez comme amant.

– Et vous, vous savez tout aussi bien que j'aime trop mon Élisabeth pour la tromper ! D'ailleurs, si vous l'ignoriez, me feriez-vous un tel chantage ?

– « Mon » Élisabeth, se contenta de souligner « mon » héroïne, incapable de dire si ses avances étaient repoussées avec tant de vigueur parce qu'elle ne plaisait guère à son ami ou, au contraire, parce que celui-ci aurait trop facilement risqué de succomber s'il lui avait laissé le moindre petit espoir. Était-il vraiment le parangon de fidélité qu'il prétendait être ? Le désir masculin est décidément bien opaque, songea-t-elle, peut-être plus encore aux yeux des hommes eux-mêmes qu'aux miens. Ils racontaient vraiment n'importe quoi, ces films et ces romans de naguère dans lesquels les mâles ne pensaient qu'à soulever tous les jupons à leur portée !

Entretemps, peut-être parce qu'il avait cru voir en leur visage des regards bienveillants à son endroit, l'inconnu aux favoris à la Corto Maltese (selon Gauthier) et/ou l'homme dont il n'était pas question de dévoiler l'identité sans contrepartie (selon Nora) s'approcha.

– Je vous prie de m'excuser si j'interromps votre conversation, leur lança-t-il, mais je me demande si je ne me suis pas fourvoyé en entrant ici.

– Les personnes que vous voyez dans ce salon, sous ce beau lustre en cristal du Botswana, répondit aimablement Nora, profitent de la réception qui clôture la remise du prix quinquennal des mérites régionaux…

– Ah bon, s'étonna l'homme, ce n'est donc pas la réception donnée par le richissime comte de Lanty dans son hôtel particulier ?

– Pas du tout, cher Monsieur, le détrompa Gauthier. Vous vous trompez de ville, de pays, de siècle et d'écrivain. Vous cherchez une célèbre nouvelle du grand Balzac et vous n'êtes ici que dans une nouvelle d'un auteur belge du XXIe siècle.

Comme il aimait faire état de sa culture littéraire, l'ami de notre héroïne ajouta :

– Et vous n'êtes pas non plus, hélas, dans une célèbre étude de Roland Barthes. Mais, dites-moi, mentit-il ensuite, il me semble que nous nous sommes déjà rencontrés. Pouvez-vous me rappeler qui vous êtes ?

– Bien sûr, répondit l'homme avec obligeance, même si je pense que vous vous méprenez à votre tour et que nos routes ne se sont jamais croisées.

– Zut, songea Nora, qui s'apprêtait à voir disparaître devant elle son principal instrument de chantage.

C'est au cours d'une soirée d'un tout autre genre que Nora avait appris l'étrange histoire de cet homme aux favoris broussailleux comme un mûrier noir. La scène eut lieu non dans un salon luxueusement éclairé par un lustre en cristal du Vésuve, mais dans une arrière-salle vaguement poussiéreuse où se réunissaient les membres d'une association libertaro-végétarienne. Alors que la réunion touchait à sa fin et que le débat collectif avait implosé en une dizaine de sous-conversations (une à deux par table, à peu de chose près) et que des bouteilles de bière avaient été décapsulées, un très vieil homme était apparu dans l'embrasure de la porte.

Étrangement, personne ne prêta attention à ce visiteur inattendu dont l'allure dénotait avec les lieux : une rangée de médailles militaires ornaient son veston bleu marine et faisaient songer à une série de nageurs, vêtus de tenues de plongée versicolores, penchés tête la première vers l'avant, prêts à plonger dans l'eau froide et chlorée, mais ne plongeant pas, prolongeant indéfiniment leur geste préparatoire. L'homme se tenait très droit et demeurait immobile. Après quelques instants de silence, il s'inquiéta à l'encan :

– Est-ce bien ici qu'a lieu la réunion du club des Nostalgiques de la Royauté belge ?

Le vieillard non seulement s'était trompé d'adresse, mais il était plutôt mal tombé ! En guise de réponse, il ne reçut que des éclats de rire narquois.

– Non, mais bienvenue à l'Association des admirateurs de Julien Lahaut et de Patrice Lumumba ! lui lança-t-on.

– Nous n'attendions plus que vous, s'esclaffa une autre voix : il nous manquait un membre pour former le Club des Vrais Souverainistes prônant le rétablissement de la dynastie de l'empereur Charlemagne – la seule qui vaille !

Au lieu de sourire ou au contraire de se vexer, l'homme, qui portait, malgré ses cheveux blancs, de larges rouflaquettes, dignes de Murat, de Presley ou de Corto Maltese, demeura stoïque, interdit, impassible. Comprenait-il ce qui lui arrivait ? Une vieille larme n'était-elle pas en train de perler au coin de ses vieilles paupières ?

Ce n'était pas drôle, en tout cas, de se moquer de cet inconnu. Parfois, c'est l'attitude de la cible elle-même qui fait que la flèche de l'archer manque son but. Les uns, les unes et les autres se détournèrent du vieillard pour reprendre les conversations là où elles avaient été interrompues ou pour en entamer de nouvelles (tout en portant à leurs lèvres le goulot de leur bouteille de bière). Toutefois, Nora éprouva pour cet homme égaré un sentiment de vive compassion. Elle se leva lentement et, mine de rien, se dirigea vers lui.

– Il faut absolument que je parle au directeur de l'Association des Nostalgiques de la Royauté, Mademoiselle, reprit l'homme de but en blanc, sans penser ni à se présenter ni à savoir à qui au juste il s'adressait. Lui seul sera en mesure de recevoir le secret que je porte en moi depuis trop longtemps et que je dois lui confier avant de mourir. Car je sens que mon heure est venue et que je quitterai bientôt cette vallée de larmes.

– Venez, lui répondit Nora en l'entraînant par le bras vers la sortie.

Dehors, il faisait doux, comme d'habitude au milieu du mois de février. Nora tenait toujours sous le sien le bras de l'inconnu. Ils se mirent tous deux à marcher, comme si elle lui faisait un pas de conduite, alors qu'en réalité, ils avançaient au hasard. Notre héroïne ne savait pas où pouvaient se réunir les Nostalgiques en question, mais savait très bien, en revanche, que l'homme n'en savait rien non plus. Peut-être croyait-il pour sa part qu'elle le savait. Qui sait ?

– Comment vous appelez-vous ? s'enquit-elle.

–Je suis le Maréchal Marnix. Marcel Marnix, martela d'un ton martial ledit Marcel Marnix.

Ils firent encore une quinzaine de pas, lents et poétiques, sur le trottoir éclairé par la lune.

–Vous m'inspirez confiance, Mademoiselle. Accepteriez-vous d'être la dépositaire de mon lourd secret ?

–Je vous écoute, répondit Nora.

L'histoire du Maréchal Marnix commence vers 2019, à l'époque où il n'était encore que sous-lieutenant et où il officiait comme instructeur à l'école des cadets.

Ce matin-là, il avait été convoqué dans le bureau du Major Morael, qui dirigeait son unité.

–Rompez, Lieutenant, lui ordonna le Major avec une douceur inhabituelle dans la voix, comme si, tout en parlant, il laissait fondre dans sa bouche un fond de délicieuse glace aux fraises (de chez Franchi, bien sûr).

Le sous-lieutenant s'exécuta, mais il n'écouta pas tout de suite avec attention les paroles prononcées par son supérieur. Quiconque se trouvait face à Morael éprouvait en effet durant quelques secondes un trouble profond en observant son oreille gauche, dont il ne restait qu'un lambeau écœurant. Par orgueil viril, le Major avait toujours refusé toute greffe : il désirait vivre avec les stigmates de son héroïsme. Car, disait-on dans la caserne, c'était au cours d'une mission en Afghanistan (pays dans lequel les forces belges étaient présentes, parmi les troupes de l'Otan, depuis presque vingt ans) qu'une balle perdue avait déchiré son pavillon.

Marnix se rendit bientôt compte qu'il avait intérêt à suivre plus scrupuleusement les propos du Major, car ceux-ci le concernaient au premier chef. Il était question d'une promotion assortie d'une mutation enviable dans la caserne la plus convoitée du pays.

– Mon... Major, bredouilla Marcel Marnix, croyez-vous qu'il me soit permis... de refuser cette promotion?

– Ta-ta-ta-ta, pas de discussion! répliqua le Major avec bonhomie, en croyant, à tort, que son subalterne souffrait d'un excès de modestie. Vos états de service sont excellents!

Marnix comprit qu'il n'avait guère le choix et fit mine de remercier avec effusion le Major en cachant la douleur atroce qui lui brisait le cœur.

En vérité, il ne voulait pas quitter l'école des cadets parce qu'il était tombé éperdument amoureux d'une des élèves à laquelle il enseignait le noble art de la guerre. Or, il n'avait encore jamais déclaré sa flamme à celle-ci. Ce n'était pas facile, car il ne s'agissait pas de n'importe quelle élève...

[On veut pas provoquer.
Moi j'suis pas un fondu
Mais faut bien dire c'qui est,
j'suis pas un ange non plus!

Renaud, *C'est mon dernier bal*

L'histoire du sous-lieutenant s'est déroulée au temps de la Belgique fédérale, alors qu'au sommet de l'État régnait encore un roi – je sais que cela paraît absurde aujourd'hui, mais cela ne nous étonnait nullement à l'époque. Ce monarque constitutionnel n'avait guère de pouvoir – sauf au lendemain des élections fédérales, l'initiative lui revenant de désigner informateur et formateur chargés de constituer le gouvernement. Selon une légende bien implantée dans l'air du temps, il était le garant de l'unité nationale, alors qu'en réalité, l'Histoire prouvait à l'envi que Flamands et Francophones n'avaient jamais été d'accord au sujet de la royauté, les uns votant pour Léopold III après la guerre et pour des partis antimonarchiques à la fin du XXe siècle alors que les autres, qui s'étaient opposés au souverain en 1950, avaient, en 1993, pleuré son fils à chaudes larmes.

Les rois successifs bénéficiaient d'un autre mythe en leur faveur : ils passaient pour neutres (on disait même parfois « asexués ») politiquement et ils étaient volontiers présentés comme « au-dessus de la mêlée », ce qui sous-entendait que cette mêlée, c'est-à-dire les différents parlements, était nécessairement honteuse. Or, le roi en titre au moment où se déroulait l'histoire du sous-lieutenant Marnix était entouré de plusieurs conseillers… qui, loin d'être représentatifs des diverses forces politiques en présence dans le pays, étaient tous issus du même parti. Chose étrange, cela ne choquait que moi, en ce temps-là.

Ce n'est que plus tard qu'il apparut aux yeux de tous et toutes qu'il fallait, pour sauver l'unité de la Belgique, faire enfin pleinement confiance à la démocratie et placer à son sommet, non un homme ou une femme toujours né dans la même famille, catholique, richissime, coupée de la réalité et manipulée par un parti en perte de vitesse, mais une personne issue du peuple et élue par l'ensemble des citoyennes et des citoyens, au moyen d'une circonscription unique ![2]]

---

2 L'auteur de cette nouvelle a autocensuré, par peur de la polémique, ce segment de texte entre crochets. Il ne sera donc lisible que dans l'édition de ses œuvres posthumes, si telle édition devait avoir lieu.

Ce contexte posé, la lectrice et le lecteur sont en mesure de deviner que la jeune fille dont s'est épris le sous-lieutenant dans le secret de son cœur n'était autre que la princesse qui était alors destinée, en raison d'un privilège réservé à sa seule famille, à monter sur le trône à la mort de son père (alors que toutes celles et tous ceux qui formaient sa génération souffraient alors d'angoisse en songeant à l'avenir). Pour bien se préparer à son futur rôle, la princesse suivait, selon une logique archaïque qui nous échappe aujourd'hui, une formation militaire à l'école des cadets.

Toujours est-il que Marnix n'avait plus guère de temps devant lui. Une fois dans sa chambre, tout en astiquant son fusil FAL, il prit une ferme résolution : dès que l'occasion s'en présenterait, il avouerait à la princesse sa fatale inclination.

C'est ainsi qu'à l'issue d'un cours qu'il dispensa avec moins de verve que d'habitude, il obtint un entretien particulier auprès de sa jeune élève. Il lui fit part, sans oser lever vers elle son regard de roturier, de la passion qui faisait battre son cœur, ainsi que de la profondeur et de la pureté de ses intentions à son égard. Il désirait, tout bonnement, l'épouser !

Avec délicatesse et fermeté, la jeune femme lui fit comprendre qu'il devait immédiatement s'ôter cette idée fantasque de la tête. Plutôt que de lui déclarer que ses sentiments n'étaient pas réciproques, elle argua de l'écart social infranchissable qui les séparait, comme les flancs abrupts de la montagne séparent la vallée pluvieuse des sommets éternellement enneigés.

– Vous n'êtes qu'un sous-lieutenant, mon Lieutenant, dit-elle avec une charmante simplicité, alors que nous allons être reine.

Accablé par ce refus sans appel, Marnix mit fin à ses jours le soir même. On le trouva mort le lendemain matin, la poitrine transpercée par une balle de son fusil FAL.

Par discrétion, le sous-lieutenant n'avait laissé derrière lui aucune explication, de telle sorte qu'aux yeux de tous et toutes, son suicide demeura un mystère… Aux yeux de toutes et tous… sauf de la princesse, qui comprit, bien entendu, le sens de ce geste désespéré.

Profondément choquée par le drame, la jeune femme commit, pour la première fois de sa vie, un geste illicite : cette nuit-là, incapable de trouver le sommeil, elle fit le mur et déserta, pendant quelques heures, la caserne des cadets.

La princesse errait dans les rues de la capitale en proie à de sombres pensées quand elle entendit dans l'air tiède du mois d'avril s'élever un chant étrange. Elle chercha à se rapprocher de la source de ce chant et arriva bientôt dans le parc Maximilien. Maximilien qui ? se demanda-t-elle d'abord. S'agissait-il de l'empereur du Mexique, de l'époux de l'infortunée Charlotte, la cousine de ses ancêtres ?

Ses pensées abandonnèrent les questions de généalogie pour se poser sur le groupe d'hommes qui campaient dans le parc et qui s'étaient réunis en son centre pour entonner ensemble, dans une langue inconnue, un chant à la fois gai et triste. Qui pouvaient être ces jeunes gens ? Elle s'approcha encore, sans méfiance, en faisant preuve d'un courage digne de son sang royal. Comme ces pauvres gens sont mal habillés ! se dit-elle. De quels pays lointains peuvent-ils provenir ? Pourquoi se trouvent-ils à présent dans ma chère Belgique ?

Un garçon lui sourit avec candeur. Avait-il du charme ? S'il était beau, c'était au gré de cette beauté-radiateur dont vous avez peut-être déjà entendu parler : cette beauté qui rayonne lentement, qui vous entoure, vous empaume, vous caresse de loin avant de vous pénétrer. Suis-je sur Terre la seule femme capable de m'émouvoir de cette discrète beauté-là ? se demanda la princesse. Cette beauté m'est-elle destinée, à moi entre toutes les jeunes femmes ?

Quelque temps plus tard, le bruit courut, à travers toute la caserne des cadets, que la princesse était enceinte. Des œuvres de qui ? Personne, dans le régiment, ne connaissait la réponse à cette question. Mais un homme savait, au moins, que, malgré ses vœux, il n'y était pour rien : le sous-lieutenant Marcel Marnix. Ivre de jalousie et de désespoir, il tourna contre sa poitrine son fusil FAL, qu'il venait pourtant d'astiquer.

Apprenant le drame, la princesse, qui comprit aussitôt le sens du geste tragique du désespéré, posa un acte qui eut des conséquences incalculables : le soir même, elle réussit, ni vue ni connue, à quitter la caserne le temps d'une escapade.

Elle erra au hasard, perdue, éperdue, éplorée, dans les rues de la capitale, marchant lentement, les deux mains sur un ventre qu'elle sentait grossir, comme grossissent les eaux du fleuve quand s'y mêlent celles d'un affluent.

C'est alors qu'elle entendit un chant singulier, à la fois triste et gai, s'élever dans l'air tiède de la ville. En remontant vers l'origine des voix qui portaient ce chant comme un saumon remonte le fleuve pour trouver un lieu propice à la procréation, elle arriva dans un parc non loin de la Gare du Nord. Le sol, à force d'avoir été piétiné, y devenait boueux. Quelle drôle d'idée de monter là-bas sa tente ! songea-t-elle.

Le sourire d'un garçon portant de larges favoris (qui lui rappelèrent son ancêtre Léopold Ier) l'atteignit en plein cœur – car son cœur était si tendre qu'on eût dit qu'y coulait du miel et non du sang. Le garçon la regardait avec douceur : il jouissait de cette forme de beauté que d'aucuns comparent à la chaleur d'un radiateur et que la princesse crut adressée à elle seule, parmi toutes les femmes.

Pendant ce temps, le sous-lieutenant Marnix, vexé d'avoir été éconduit comme un vulgaire sous-lieutenant, demanda une entrevue auprès du Major Morael dans l'espoir d'obtenir sa mutation. Quitter l'école des cadets était en effet le seul moyen dont il disposait pour oublier la jeune femme qui avait secrètement brisé son cœur.

Certes, il n'en voulait nullement à la princesse, puisqu'il n'avait pas osé lui déclarer sa flamme. Il passait pour un sauvage, plus à l'aise avec la fréquentation des Jeep, des camions et des fusils FAL que de la gent féminine.

Hélas, distrait par la monstrueuse oreille gauche de Morael (on racontait, dans la caserne que le Major s'était tiré lui-même une balle de fusil FAL dans le pavillon pour se donner des airs de dur), il ne parvint pas à écouter la réponse qui fut apportée à sa requête.

Apprenant le départ précipité du sous-lieutenant, la princesse comprit aussitôt ce que pareille mutation pouvait celer. Nul doute que l'État-major avait voulu écarter d'elle un sous-officier qui lui faisait une cour si pressante et si peu discrète. Auquel cas, les officiers s'étaient montrés peu stratèges (pour des militaires). Car, alors que les déclarations grandiloquentes de Marnix l'avaient laissée de marbre, elle se sentit troublée par sa subite absence. Elle en conçut une culpabilité difficile à juguler.

C'est pourquoi, ce soir-là, prise d'une impulsion déraisonnable qui lui ressemblait peu, elle parvint à quitter la caserne en se glissant dans une camionnette de blanchisserie.

La camionnette s'était arrêtée dans les parages du musée Kanal. Le quartier ne plaisait guère à la princesse, mais elle crut se souvenir que se trouvait non loin un parc au nom impérial. Elle entendit alors un chant déchirant, un déchirement chantant, qui la bouleversa au plus profond. D'où venait-il ? Il semblait naître entre les arbres, par-là, non loin…

– Ce n'était peut-être pas une bonne idée, concéda le roi, de lui donner le prénom de la plus fantasque de mes aïeules… Mais la question est surtout de savoir ce qu'il convient de faire à présent.

– Il faut qu'elle avorte, décréta son épouse.

– Tu n'y penses pas, ma chérie ! s'écria le souverain en se bouchant les oreilles comme s'il avait à les protéger d'un gros mot. Si mon regretté parrain t'entendait !

– Bah, il est désormais, et pour toujours, dans l'incapacité de régner, ton parrain… persifla la reine.

Le roi fit semblant de ne pas entendre. Comme il ne supportait pas le conflit, il opta pour une stratégie dilatoire.

–Ne nous affolons pas, dit-il. Je vais demander conseil à mes conseillers. Ils sont toujours de bon conseil.

–Mais tes conseillers sont tous issus du CD & V, le *Christen Democratisch en Vlaams*, c'est-à-dire le parti démocrate chrétien – chré-tien, insista-t-elle. On connaît d'avance leur position !

Le roi sourit d'un air contrit et sortit de la pièce sans ajouter un mot.

Exaspérée, la reine enfila son manteau et, malgré l'heure tardive, sortit du palais, seule, sans escorte, sans prévenir personne, comme une femme libre, ou plutôt comme une pensionnaire qui fait le mur. Pour la première fois depuis des années, elle se mit à arpenter les rues et les avenues de la capitale, au hasard, au petit bonheur la chance.

Ses pas la conduisirent, au gré d'une très longue marche, aux portes d'un parc. Malgré le froid s'y dressait une série de tentes en plastique versicolore, qui n'avaient pas l'air bien confortables. Un groupe d'hommes, jeunes et drôlement habillés, formaient un cercle à la façon des scouts d'autrefois. La reine crut entendre leurs voix psalmodier très doucement une étrange prière.

Un garçon s'isola du groupe à ses yeux, en lui adressant un sourire d'ange fatigué, illégal, déchirant et maladif, qui toucha au plus profond le grand cœur maternel de la reine. Était-ce encore un enfant ? Ou déjà un homme ? L'ange portait des favoris mousseux, comme jamais ni Delon ni Apollon, ni O'Neil ni Adonis n'auraient osé en arborer. Sa beauté n'avait d'ailleurs rien à voir avec celle des dieux grecs ou des acteurs du siècle précédent : comme le dirait un auteur de mauvaise littérature, il s'agissait de cette beauté-radiateur proverbiale, qui réchauffe un peu plus lentement mais beaucoup plus efficacement que la lumière immédiate d'une ampoule (surtout depuis l'avènement des froides ampoules LED). Il faut avoir une âme de mère, se dit la reine, pour être sensible, comme je le suis depuis que j'ai aperçu son sourire, à l'étrange beauté de l'ange du parc Maximilien.

* * *

Sur ces entrefaites, le sous-lieutenant Marcel Marnix sollicita une entrevue avec le Major Morael. Il lui semblait en effet qu'il pouvait raisonnablement espérer une belle promotion. Or, s'il accédait au grade de lieutenant, il réduirait quelque peu l'écart social qui le séparait de la princesse. Ainsi aurait-il la possibilité, sans paraître désobligeant, de réitérer sa demande en mariage auprès de celle qu'il chérissait dans le secret de son cœur – un cœur si tendre qu'on aurait dit qu'au lieu d'un sang rouge et bleu y coulait un miel doré.

Mais, d'un naturel distrait, il se trompa de porte : celle qu'il ouvrit donnait sur un escalier étroit dont nul ne lui avait révélé l'existence. Pris d'une insatiable curiosité, il en dévala les marches et se trouva dans un couloir obscur. Où pouvait mener ce mystérieux souterrain ? Il lui fallut en avoir le cœur net – cœur qu'il avait si courageux qu'on aurait dit qu'au lieu d'un sang ordinaire, bleu et rouge, y coulait du café noir et brûlant. Il s'engagea dans le boyau obscur en s'éclairant de son téléphone portable. Combien de temps marcha-t-il ainsi dans les entrailles de la ville ? Bientôt, la batterie de son *smartphone* fut à plat. Mais il n'était pas question pour lui de faire demi-tour. Il continua sa progression dans les ténèbres, prudent, mais impavide. Quelques minutes plus tard, la main qu'il tendait devant lui heurta un mur de pierres froides. Le couloir se terminait donc par une impasse ? Quelle pouvait alors être son utilité ?

Marcel Marnix, qui portait alors, à la suite de son entrevue avec l'obligeant Major Morael, le grade de lieutenant, ne perdit pas courage. Il tâta de ses deux mains les parois qui l'entouraient et s'aperçut qu'au-dessus de lui se dessinait une plaque d'égout circulaire. Il l'ouvrit aussitôt.

Entretemps, la nuit était tombée sur la ville (comme d'ailleurs aussi sur le reste du pays), de sorte que le lieutenant ne fut pas ébloui, en s'extrayant des ténèbres, par la lumière du soleil de midi. D'un bond, il sortit du boyau obscur et fit quelques pas. Il se trouvait à présent dans un parc qu'il ne connaissait ni d'Ève ni d'Adam (si cette expression peut être employée pour un parc dont les arbres, à cette saison, étaient nus comme Adam et Ève au Jardin d'Éden). Des individus suspects y avaient dressé des tentes qui ne formaient en aucune façon un bivouac militaire. Un chant s'élevait d'un cercle d'hommes jeunes et aptes au combat. S'agissait-il d'un chant de guerre ? Marnix n'en distinguait pas les paroles. Il s'approcha à pas de loup.

Quelle ne fut pas sa surprise en apercevant, au milieu de ces étranges étrangers, la princesse en personne ! Celle-là même pour laquelle son cœur vaillant n'avait cessé de battre !

N'écoutant que son courage, il s'élança pour délivrer de ces barbares la prisonnière au sang royal – un sang si pur qu'on aurait dit que le cœur qui le propulsait était en marbre blanc. Par bonheur, le lieutenant portait toujours en bandoulière son fusil FAL (il avait en effet prévu de le démonter et de l'astiquer avec soin après sa visite au Major Morael) : il tira trois coups de feu en l'air. À son grand dam (car il aurait voulu se montrer héroïque en affrontant la horde barbare), les vils ravisseurs firent preuve de lâcheté : au lieu de se battre pour défendre leur position, ils prirent leurs jambes à leur cou et s'enfuirent au loin, laissant là leur tente et les pauvres derniers biens qu'ils possédaient dans ce bas monde.

En voyant accourir vers elle le lieutenant Marnix, la princesse se sentit défaillir. Elle eut juste le temps d'admirer les larges favoris, semblables à ceux de son aïeul Léopold Ier, qui encadraient le visage d'ange de ce fier soldat jouissant d'une beauté singulière – cette beauté-radiateur chantée autrefois par Homère et par Dante, si rare depuis le réchauffement climatique, mais capable de vous toucher en plein cœur… Puis elle perdit connaissance.

Combien de temps dura son sommeil ? Une seconde ? Deux minutes ? Neuf mois ?

Le Palais étouffa l'affaire. À peine né, le nourrisson fut retiré à sa mère et confié à la plus prestigieuse des institutions religieuses affiliées au renouveau charismatique.

Au moment de prendre la fuite, quelques années plus tard, pour demander l'asile à l'île d'Yeu où elle jouissait des privilèges dus à son rang, la famille royale préféra ne pas s'encombrer de cet enfant. On perdit alors toute trace de lui.

Nora avait écouté avec attention l'improbable récit du Maréchal Marnix.

– Il faut que vous m'aidiez à retrouver cet enfant, qui est aujourd'hui un adulte d'une cinquantaine d'années. Je ne sais de lui que deux choses : il s'agit d'un garçon et le trône lui revient !

Pris par son émotion, le vieillard mélangea les époques en oubliant que la monarchie avait été abolie. Mais, si elle n'était en aucun cas royaliste, notre héroïne, comme le savent nos lectrices et nos lecteurs, avait bon cœur – un mauvais poète aurait écrit ici qu'à la place de sang, ce cœur brassait un nectar melliflu et doré. Aussi promit-elle de mener l'enquête.

Ses investigations l'occupèrent trois ans durant. Quand elle retrouva le fruit des amours illicites de la princesse avec un obscur sous-lieutenant, il était trop tard : le Maréchal Marnix, devançant la mort naturelle qui lui était promise, avait mis fin à ses jours au moyen de son vieux et fidèle fusil FAL. Peut-être était-ce mieux ainsi, songea notre héroïne, car comment aurait réagi le vieillard en apprenant que le fils qu'il avait recherché en vain durant toute sa vie était en fait l'enfant d'un migrant clandestin du parc Maximilien ?

– Je ne crois pas avoir eu déjà la chance de faire votre connaissance, répondit à Gauthier l'homme aux favoris dignes de l'empereur Guillaume. Sans doute mon visage vous dit-il quelque chose parce qu'il a été affiché quelquefois, il y a deux ou trois ans, à la une d'une certaine presse…

– Je ne lis pas « une certaine presse », se vexa Gauthier, mais seulement la presse certaine.

– Il vous faut juste, continua le fils illégitime des amours secrètes d'un sous-lieutenant et d'une princesse, faire l'effort de m'imaginer sans ces favoris à la Jules Ferry, que j'ai laissé pousser exprès pour ne pas être trop reconnaissable… Toujours est-il qu'il est apparu que je descendais en ligne droite du roi Léopold II, qui multiplia les relations morganatiques, comme chacun sait, et qu'à ce titre, selon des calculs généalogiques complexes, je pourrais prétendre au trône, au cas, très improbable, je vous l'accorde, où la royauté serait rétablie en Belgique ! conclut l'enfant des amours clandestines d'une princesse au cœur de miel et d'un migrant au sourire d'ange réfugié dans le parc Maximilien.

Rencart avec la mort rue Américaine

Bruxelles, impossible à aimer,
rend tout amour possible.
Une sorte de compassion
nous vient par la ville même,
par sa mémoire qui flotte,
dévastée, au-dessus de nos têtes.
Elle est l'emblème d'un pays
qui finira en charpie, elle est nous,
notre corps en morceaux,
poreux aux cris du monde,
tous y sont en exil, tous veulent y rester.

Caroline Lamarche, *Nous sommes à la lisière*

À Jacques Dubois

Le commissaire Warnotte a l'intime conviction que l'assassin adresse un message à quelqu'un. Mais à qui au juste ? À l'encan ? Ou à un particulier ? À lui, Paul Warnotte ? À la police ? À la Justice avec un grand « J » ? Et quel est le contenu exact de ce message ?

Un maboul complètement marteau, ce tueur en série, songeait Warnotte, un taré torturé, un psychopathe patibulaire, un fou furieux de première instance !

Jamais le commissaire n'a dû mener une enquête de ce genre. Il a l'impression d'être immergé dans les eaux troubles d'un polar du siècle précédent, ou de surfer dans une série télévisée superficielle, c'est-à-dire dans une de ces fictions peu réalistes qui n'ont rien à voir avec son vrai métier. D'ailleurs, il aurait aimé en lire, des romans policiers qui raconteraient non des affaires extraordinaires comme celle-ci, mais des cas quotidiens, comme il en règle *fissa* d'habitude, sans avoir à résoudre des énigmes sophistiquées ou à faire fonctionner ses petites cellules grises à partir d'indices tirés par les poils de la moustache d'Hercule Poirot.

Toujours est-il qu'il se sent démuni, Paul Warnotte, face à ce tueur en série aux mobiles abstraits, alors qu'il est l'efficacité même quand il faut arrêter des criminels standards.

Il contemple son téléphone de service comme pour trouver, dans ses formes géométriques, une réponse, un encouragement ou un conseil. Doit-il composer le numéro de l'inspectrice principale Valeria Nencini ? C'est la centième fois ce matin, depuis qu'il est assis à son bureau, qu'il se pose la question. Cette fantaisiste de Valeria Nencini !

Il considère sa collègue, avec qui il a débuté, des années plus tôt, dans un commissariat de Charleroi, comme une sorte de double inversé de sa propre personne : autant il se trouve scientifique, serein, objectif, cérébral, autant il la voit comme une sorte d'artiste, une « littéraire » intuitive et exaltée, valorisant les soubresauts de sa subjectivité.

Pareille dichotomie, dans l'esprit de Warnotte, dont le père était ingénieur et la mère prof de latin, correspond à l'opposition homme/femme – certes, non pas de toute éternité, ni en vertu d'une Loi de la Nature : le commissaire n'est pas réactionnaire à ce point. Il doit s'agir, selon lui (mais s'est-il posé la question de façon explicite ? Rien n'est moins sûr !), d'un partage historique et culturel des attributs intellectuels *genrés*, qui, sans doute, est déjà remis en cause par la génération montante.

Quoi qu'il en soit, l'enquête qu'il doit mener sur ce maudit tueur en série aurait, plus que probablement, mieux convenu à l'inspectrice principale Valeria Nencini qu'à lui-même.

Le commissaire considère derechef son téléphone de service. Hélas, au moment des dernières promotions internes, un seul poste s'est ouvert et c'est lui, Paul Warnotte, qui a été servi, tandis que Nencini est restée sur le carreau. Alors qu'elle demeurait inspectrice principale à Charleroi, il a été élevé au grade de commissaire et a été muté à Bruxelles... Elle doit en avoir conçu une solide rancune à son égard, d'autant que cela s'est joué de peu... Soudain en proie à une forme de colère sourde, Paul Warnotte, plutôt que de composer le numéro de son ex-collègue directe, se lève, enfile sa veste et sort. Marcher l'aidera à réfléchir.

Valeria profite de ses congés pour lire, tout en sirotant un café presque froid, les journaux qui se sont accumulés sur la table basse de son salon.

Une série d'articles attire en elle l'attention non de la femme qui s'efforce de se sentir en vacances, mais au contraire de celle que le boulot ne laisse jamais vraiment en paix : les papiers concernant la Fédération liégeoise du parti socialiste à présent mondialement reconnu comme un modèle de probité et de transparence.

– Mais non, je blague! dit le narrateur. Certes, cette nouvelle se déroule dans un futur plus ou moins proche, disons six ou sept ans après la pandémie de Covid-19, qui sévit pendant que j'écris (dit cette fois l'écrivain en personne, et non le narrateur, précise le narrateur), on peut rêver un peu, on en a tant besoin… Mais quand même, il ne faut pas trop en demander à l'avenir proche… De toute façon, la lectrice supposée par le texte et le lecteur éventuel auront deviné – inutile de chercher à vous surprendre de façon aussi artificielle – que les articles qui intéressent l'inspectrice concernent le tueur en série que traque en vain le commissaire Warnotte – la cohérence de ce récit en dépend.

C'est donc, songe Nencini, ce bon vieux Paul qui a hérité de l'affaire la plus médiatique du moment… Le commissaire ne manque pas de qualités: c'est un bosseur, un obstiné… Mais a-t-il assez d'imagination pour pénétrer l'esprit du dément démoniaque qui a commis ces crimes *a priori* incompréhensibles? Peut-être bien… sauf qu'il se refusera à la faire fonctionner, son imagination. Par principe. Paul Warnotte, songe Valeria, est le genre de type à opposer, à tout bout de champ, science et littérature, objectivité et subjectivité, comme s'il s'agissait de réalités étanches, sans commune mesure et qu'il n'existait aucune passerelle entre elles. Et, évidemment, il se range – ou s'efforce de se ranger – du côté qui lui semble le plus rationnel et, pour tout dire, le plus viril.

L'inspectrice a terminé la lecture des différents articles judiciaires. À part le nom du commissaire en charge de l'affaire, elle n'a rien appris qu'elle ne connaissait déjà. Cinq meurtres commis en deux mois dans différentes communes belges: le premier a eu lieu à Bruxelles, le suivant à Clabecq, près de

Tubize. Après quoi, la même arme (un couteau tranchant) a frappé deux fois en Flandre : à Halle puis à Eeklo. Enfin, une dernière victime était tombée à Beyne-Heusay, dans la région liégeoise.

Comment les enquêteurs savent-ils qu'ils ont affaire, dans chacun de ces cas, au même assassin ? Outre l'arme, identique, la façon de porter les coups, qui ne varie guère (chaque fois par-derrière, dans la nuque), et le mode opératoire inchangé (les victimes étant surprises lors d'une de leurs activités habituelles), les policiers avaient relevé un fait troublant : le meurtrier laissait, à chaque fois, sur les corps mêmes, une sorte de signature – dont la nature exacte n'était pas dévoilée à la presse.

Quant au mobile de ces crimes, les journalistes se perdaient en conjectures : il n'était en tout cas question ni de vol, ni d'agression sexuelle. Les victimes n'avaient été ni dépouillées ni violées. Bien que les noms de celles-ci ne fussent pas divulgués à ce stade de l'enquête, l'on savait qu'il s'agissait d'une juge de la jeunesse, d'un photographe, d'un plombier, d'un journaliste sportif et d'une *project manager* œuvrant au profit d'une société d'acquisition financière.

– Ouais, ouais, ouais, se dit l'inspectrice principale en vidant sa vieille tasse de café froid et en repoussant le tas de journaux jusqu'au bord de sa table basse. Difficile d'y voir clair.

Ce constat n'empêche pas Valeria de commencer à réfléchir…

– Inhabituels, ces deux « y » qui scandent le nom « Beyne-Heusay », dit-elle à voix haute, comme si les i grecs pouvaient s'entendre distinctement des « i ». D'ailleurs, il y a des lettres qui se répètent dans tous les toponymes de cette affaire : deux « l » dans « Bruxelles » et dans « Halle » (du moins dans son orthographe flamande), deux « e » dans « Eeklo », deux « c » dans « Clabecq ». Que pourrait-on composer au Scrabble avec ces lettres : l, l, y, e, c ? Hum… « Cyell »… « ciel » ? Pas très concluant, à vrai dire…

Elle aimait perdre un peu de temps dans des petites réflexions de ce genre, qui ne la menaient jamais nulle part (elle en avait conscience) : elle s'adonnait peut-être ainsi à une manière d'échauffement.

En revanche, un détail, peu développé, qui n'est apparu que dans un seul article (car les pauvres chroniqueurs sont obligés de se répéter, par manque d'informations neuves), titille plus sérieusement son esprit dans la pâleur du matin : le premier crime, celui dont a pâti une juge de la jeunesse, semble doté d'un statut particulier, qui l'isole de la série : l'assassin se serait acharné sur sa dépouille. Il l'aurait souillée, si Valeria lit bien entre les lignes, tandis que les autres cadavres n'ont subi aucun outrage particulier.

Le commissaire Warnotte marche dans l'air rafraîchissant des berges du canal Bruxelles-Charleroi, sans songer que celui-ci relie, comme par hasard, son présent (dans la capitale) à son passé (wallon), d'autant que l'air en question y fait tourner des moulins à vent multicolores, répliques de vieux jouets qui fleurissaient, quand il était petit garçon, sur les plages de Knokke, de Blankenberge et d'Ostende. La vue de ces œuvres d'art postmodernes et sympathiques constitue d'ailleurs pour le commissaire une sorte de menace : elle pourrait opérer, dans ses sentiments, une rotation de la colère qui l'anime vers une douce nostalgie. Warnotte, en effet, appartient à cette moitié de l'humanité qui a connu le bonheur durant l'enfance et qui passe ensuite le plus clair de sa vie d'adulte à regretter le paradis perdu du temps passé. Peut-être faut-il y voir l'origine de sa vocation de policier ? Il lui faut réparer le présent – la prison du présent – en envoyant en prison le Mal qui éloigne le passé. Valeria Nencini, puisque ce récit oppose ces deux personnages, est au contraire un membre de l'autre grande famille humaine, celle des êtres qui ont subi une enfance malheureuse, par manque d'amour, et qui souffrent leur vie durant de blessures impossibles à cicatriser. Peut-être ne faut-il pas chercher ailleurs l'origine de sa vocation de policière ? Œuvrer à construire un avenir meilleur en libérant le présent d'un mal né dans le passé.

Esprit positif, Warnotte refuse de se laisser gagner par la mélancolie et le vague à l'âme. La société attend de lui qu'il mette hors d'état de nuire un dangereux meurtrier, pardi ! S'il est sorti, c'est pour établir mentalement la synthèse des informations dont il dispose. En avant !

> 19 mars. Bruxelles. Séverine PIRON, 53 ans, juge de la jeunesse. Poignardée sauvagement dans le parking souterrain où elle gare sa voiture chaque fois qu'elle se rend à sa leçon de yoga. Le sac de la victime, qui contenait notamment son portefeuille, sa carte de banque, 350 euros en liquide et les clés de son véhicule (un cabriolet Citroën couleur aubergine), n'a pas été ouvert. Or ce n'est pas une fuite dans la précipitation qui a empêché l'assassin de se servir, puisqu'il a pris le temps de maculer de matière fécale le visage de la magistrate. En revanche, le cadavre de celle-ci n'a pas subi d'outrage de nature sexuelle.

Les excréments ont été analysés, ce qui a permis de dégager une séquence d'ADN appartenant à un individu de sexe masculin. Malheureusement, aucune banque de données judiciaire ne contient la trace de cette empreinte génétique. « De toute façon, rien ne prouve que l'assassin se soit servi de sa propre merde », songe Warnotte.

Bien entendu, le commissaire a tout de suite émis l'hypothèse d'une vengeance consécutive à un jugement prononcé par Séverine Piron, par exemple à l'encontre d'un père de famille qui aurait perdu la garde de son enfant. En conséquence, deux inspecteurs travaillant sous ses ordres passent leurs journées à éplucher les archives judiciaires. Mais la juge avait traité six ou sept affaires par jour pendant un quart de siècle… Elle avait dû en avoir vu défiler, des pères insatisfaits de leur jugement…

Reste cet indice étrange: un papier (plus précisément une feuille de carnet quadrillé à anneau), plié en trois, glissé dans un bracelet porté par la magistrate, sur lequel avaient été dessinés, de façon très schématique, au crayon noir, deux visages d'homme. Le premier est plutôt allongé. Le modèle est chauve; ses yeux sont cerclés par des lunettes rondes. Le second personnage est un peu plus rond. Il porte un chapeau.

> 2 avril. Clabecq. Clément SCHROOTEN, 34 ans, photographe de son état, égorgé en tenue de jogging sur le parcours qu'il empruntait trois jours par semaine. Nulle profanation scatologique. À peu près le même dessin retrouvé dans le bracelet-montre qui lui servait de chronomètre et qui a permis de situer approximativement l'heure de sa mort (les secondes couraient toujours quand son cadavre a été découvert et

l'on sait, vu la distance qu'il parcourait d'ordinaire, depuis combien de temps à peu près il courait). Les croquis sont un peu moins schématiques. La tête du premier personnage penche légèrement à gauche, de sorte que, de ce côté, sa joue s'appuie sur sa main. Quant au second, celui qui porte un chapeau, il fume désormais la pipe. Quoi qu'il en soit, un lien a pu être établi entre les deux crimes grâce à ces crayonnés, qui n'ont pas été révélés à la presse (cela risquerait de susciter des imitations susceptibles de brouiller les pistes).

15 avril. Halle. Sur les bords du canal que longe pour le moment le commissaire, Fernand Crams, 41 ans, plombier de profession et pêcheur amateur, a été poignardé à l'endroit où il posait d'ordinaire ses cannes, son épuisette et sa chaise pliante. Un dessin a été retrouvé dans sa manche droite : les deux mêmes visages, mais un objet supplémentaire apparaît à leurs côtés : une forme oblongue, difficile à interpréter. Un poisson sans queue ? Un cigare ?

15 avril. À Eeklo, ville de Flandre orientale, dans le *Meetjesland*, c'est-à-dire, littéralement, dans « le pays des vieilles femmes », comme aurait, selon la légende, baptisé la région Charles Quint en personne, parce que les habitants, craignant sa voracité sexuelle, cachaient, à son passage, toutes les jeunes filles : le soleil ne se couchait peut-être jamais sur son empire, mais son empire refusait parfois de se coucher devant lui. Bref ! Warnotte n'a pas le temps de réfléchir au sens de l'Histoire. Revenons au style télégraphique. Meurtre. Grand route. Jef Claes. 44 ans. Chroniqueur sportif indépendant, publiant

ses articles dans différents médias. Connu pour sa compétence en matière de cyclo-cross (Eeklo est d'ailleurs la patrie de deux anciens champions du monde de la discipline, les frères Éric et Roger De Vlaeminck). L'homme pratiquait lui-même le cyclisme : c'est sur le trajet de sa promenade favorite qu'il a été assassiné. Il s'était arrêté pour changer la chambre à air de son vélo (vélo de course modèle Bianchi Specialissima), qui venait de crever… Peu en amont de son trajet, ont remarqué les enquêteurs, le sol était jonché de clous et de punaises. Claes était donc tombé dans un guet-apens. Un dessin se trouvait dans la poche arrière de son maillot – à peu près le même que le précédent, sauf que l'objet fusiforme y est plus facilement reconnaissable : il s'agit d'un stylo.

29 avril. Beyne-Heusay. Lina Van Hamme, *project manager* dans une société d'acquisition financière. 27 ans. Égorgée sur le Ravel (comme on appelle les anciens chemins de fer métamorphosés en lieux de randonnées pédestres ou vélocipédiques) de la ligne 38 où elle avait coutume de promener son chien, un teckel à poil ras, qui l'a abandonnée pour rentrer seul à son domicile. Cette fois, pas de dessin sur le papier quadrillé glissé sous la montre de la victime, mais deux phrases écrites à la main, en majuscules : « VOUS AVEZ COMPRIS ? OU VOUS FAUT-IL UN ULTIME CADAVRE-INDICE ? »

Le commissaire s'était bien gardé d'évoquer devant les journalistes ce message qui comportait une menace de cinquième meurtre et qui, en même temps, indiquait aux enquêteurs que la liste des victimes avait un sens en elle-même et que, par bonheur, elle n'était pas infinie : le prochain assassinat, s'il avait lieu, serait le dernier.

Quel stress ! Cette fois, Paul Warnotte prend la décision de demander, certes discrètement, l'aide de son ancienne collègue, Valeria Nencini, inspectrice principale du district de Charleroi.

[Parenthèse. Sur l'autoroute Liège-Antwerpen (ou Antwerpen-Liège, comme on voudra), qui longe un moment la frontière allemande, le nom « Antwerpen », sur les panneaux indicateurs, est écrit en français « Anvers » tant que le sol est wallon, tandis que « Liège » devient « Luik » en terre flamande. Soit. Mais le nom « Aachen » ? D'un côté, la ville allemande est appelée « Aix-la-Chapelle » et de l'autre « Aken », selon la même logique… sauf qu'entre parenthèses, en Flandre comme en Wallonie, une traduction suit l'appellation locale : « (Aachen) ». Pour nos amis allemands, un bel effort est fourni. Pourquoi pas entre nous, entre frères et sœurs de la petite Belgique ?

Pitoyable pays ! Pourquoi t'aimons-nous encore avec tant d'ardeur ?

Afin d'adoucir la noirceur de ce récit rempli de cadavres innocents, imaginons que le futur proche dans lequel se déroule l'action a vu Flamands, Wallons, Bruxellois, Germanophones et même Liégeois se rapprocher les unes, les uns des autres, quels que soient leur sexe, leurs convictions religieuses ou philosophiques, leurs origines sociales, le passé de leurs nobles ancêtres, leur appartenance politique, leur âge, leur groupe sanguin, leur plat préféré ou leur salaire. Ils et elles s'aiment à nouveau dans un cercle élargi qui leur permettra bientôt d'embrasser la planète entière.

Le pays a opté pour un plurilinguisme concentré sur les deux idiomes principaux, mais s'ouvrant volontiers sur les autres langues qui s'y parlent, l'allemand, l'italien, l'espagnol, l'arabe marocain, le turc, le portugais, le yiddish, le pakistanais et l'anglais. De son plein gré, la reine d'alors, grande admiratrice de la pensée de Jean-Jacques Rousseau, s'est retirée du pouvoir et a aboli la monarchie dans l'espoir de participer, ne serait-ce que modestement, à l'édification de cette « volonté générale », qui transcende les intérêts particuliers au profit du bien commun et qui nécessite que règne, plutôt qu'un souverain, la majesté idéale de l'Égalité.

Tout cela pour dire que le commissaire Warnotte n'a pas à subir de complications administratives du fait que l'affaire dont il a la charge l'oblige à circuler dans trois régions, deux communautés, quatre provinces, autant d'arrondissements judiciaires (si je ne m'abuse) et cinq communes.

Donc ne nous en soucions pas non plus.]

Le commissaire a donné rendez-vous à l'inspectrice dans un bar-brasserie plus célèbre pour son nom que pour le confort de ses sièges, *La langue au chat*: il s'est dit que ce genre d'établissement à la décoration baroque devrait plaire à Valeria. Car il a pensé au moindre détail, Paul Warnotte, à l'heure du rendez-vous, 14 heures (pour que sa démarche ne soit pas prise pour une vaine tentative de séduction tardive), à ce qu'il boirait, un café (et non une bière), au type de lieu (un bistrot et non le bureau, puisque sa demande d'aide est d'autant plus informelle que l'inspectrice, comme elle le lui a précisé un peu sèchement au téléphone, est en congé) et à la localité (ni Bruxelles où il travaille, ni Charleroi où elle vit, mais une commune à mi-chemin des deux villes, en l'occurrence Trapledonde, qui présente, entre autres mérites, celui d'être tout à fait imaginaire, et de ne figurer sur aucune carte officielle).

Warnotte s'est également demandé à quel moment il convenait d'arriver : en avance, en retard, juste à l'heure ? En avance, il aurait eu l'air d'un amoureux avec son bouquet de roses – ou d'un type qui a un truc à se faire pardonner (or, il estimait qu'il n'avait absolument rien à se reprocher dans cette affaire de nomination, ce n'était tout de même pas de sa faute si c'était lui qui avait été promu, il avait certes fait ce qu'il fallait pour obtenir son poste, mais c'était le jeu, non ? et il l'avait joué dans les règles de l'art, sans plus…) En retard, il se serait positionné en supérieur hiérarchique qui peut se permettre de faire patienter un subalterne (or, il voulait signifier à l'inspectrice que, tout commissaire qu'il était devenu, il la considérait comme son égale : n'avaient-ils pas débuté ensemble dans le même bureau ?) En conséquence, c'est pile poil à l'heure dite que le commissaire pousse les portes à double battant du célèbre bistro trapledondien.

Il aurait dû s'en douter : évidemment, Valeria n'est pas encore là. Stratégie de sa part ? Tient-elle à lui rappeler qu'elle n'est pas en position de demande ?

Le commissaire a cependant appris à se méfier de sa propre propension à tout interpréter sans cesse en termes de rapports de force. N'est-ce pas une déformation professionnelle ? Nencini est peut-être simplement un tout petit peu en retard, comme bien des gens qui rêvent d'être ponctuels, mais ne calculent pas aussi précisément leurs déplacements que lui…

L'inspectrice court en traversant la place de la Gravière, à l'autre bout de laquelle se trouve le café *La langue au chat*, qui fait la fierté des habitants de Trapledonde. Sans doute Warnotte, qui, comme une star du rock avant un concert, prenait d'ordinaire plaisir à se faire attendre, n'était-il pas encore arrivé à bon port. Mais, par principe, Valeria s'arrangeait toujours pour être au rendez-vous à l'heure précise. Qui plus est, elle aimait être quelque peu en avance, afin de prendre possession des lieux, calmement, toute seule, en silence. Tel était d'ailleurs son fonctionnement dans tous les domaines : aborder les autres, les objets et les situations de biais, par la tangente, sur le côté, comme pour apprivoiser le réel avant de l'affronter. Lorsqu'elle menait un interrogatoire, elle posait d'abord, au suspect assis en face d'elle, quelques questions anodines (sur leurs vêtements, par exemple) avant d'entrer dans le vif du sujet : cela passait, aux yeux de ses collègues, pour une stratégie psychologique de manipulation, consistant à mettre le suspect en confiance afin de le pousser à la confession. Peut-être avait-elle parfois obtenu cet effet, mais telle n'était pas son intention : c'était plutôt elle qui se mettait ainsi en confiance. Si elle avait pu voyager seule, elle aurait procédé de la même manière : elle aurait d'abord arpenté les banlieues et n'aurait gagné le centre des villes que petit à petit, concentriquement, en épousant les courbes d'une spirale. Mais elle n'avait jamais osé proposer de pareils détours à son conjoint, qui, comme tout un chacun, suivait, dans ces cas-là, les panneaux indiquant le cœur historique de la cité.

Mais voilà : elle n'avait pas imaginé un instant qu'à Trapledonde, elle éprouverait le même genre de difficulté à trouver une place libre pour garer sa voiture que dans de grandes villes encombrées comme Bruxelles ou étroites comme Liège.

En entrant dans la gueule du chat – comme les Trapledondais appellent l'intérieur de cet établissement qui fait leur fierté –, Valeria tourne d'abord les yeux vers le plafond décoré de façon délicieusement rococo, comme chacun sait, et les pose sur un angelot à genoux aux pieds d'une Madone profane, *souriante, ravie, épanouie*, malgré le foulard de pirate qui recouvre étrangement son œil droit.

Mais une voix l'interpelle : celle de Warnotte, assis devant un café, sur une table sise dans le coin le plus éloigné de la porte d'entrée.

Elle refuse d'admettre qu'elle m'en veut de ma nomination, soupire à part soi le commissaire. Cela ne va pas aider à crever l'abcès et à détendre l'atmosphère ! Pour régler un problème, il faut d'abord reconnaître son existence !

Warnotte repose sur sa soucoupe, sans même l'avoir portée à ses lèvres, sa tasse de café aux armes d'un chat tirant la langue.

Je crois qu'il croit que je suis fâchée sur lui, pense, pour sa part, en français de Belgique, l'inspectrice avant de se corriger mentalement, contre lui, alors que ma colère, au moment de ces fichues promotions, s'est dirigée contre le système – qui crée des inégalités entre les pairs et des tensions entre agents destinés à travailler de concert – et non contre celles ou ceux qui en ont bénéficié.

Si elle n'était pas policière, peut-être Valeria serait-elle un tantinet anarchiste… (Mais les mots « tantinet » et « anarchiste » peuvent-ils être associés ?) Ou du moins, hostile aux principes hiérarchiques…

– L'assassin, commente le commissaire comme pour apporter à ses longues explications une conclusion de nature à impressionner les esprits, m'a lancé une sorte de défi en écrivant son dernier message : « VOUS AVEZ COMPRIS ? OU VOUS FAUT-IL UN ULTIME CADAVRE-INDICE ? »

L'inspectrice s'est assise en biais sur sa chaise, comme afin de mieux croiser les jambes, alors qu'il s'agit pour elle non des jambes mais des yeux, non de croiser, mais d'éviter. Elle a besoin, pour mieux réfléchir, de faire sortir son interlocuteur de son champ de vision.

– Comment écris-tu le nom de la deuxième victime ?

– Schrooten ? Quelle importance ? s'étonne Warnotte, qui ne s'habituera jamais aux approches elliptiques de sa collègue. S-C-H-R-O-O-T-E-N, comme cela se prononce en flamand, quoi !

– Le « o » est doublé, dit Valeria en baissant la voix…

– Quoi ? grince Paul.

– Il y a deux « o », de même que le « m » doit se répéter dans « Van Hamme »…

– Et alors ?

– Je sais que c'est une mauvaise piste, raisonne à voix haute Nencini en contemplant un autre angelot peint au plafond, grassouillet, presque obèse, et jouant de la flûte en silence. Mais c'est peut-être ce que j'appelle une « fausse mauvaise piste »…

Le commissaire Paul Warnotte grimace de plus en plus en se demandant s'il n'est pas en train de perdre son temps. Nencini serait-elle devenue encore plus folle qu'à l'époque où il la côtoyait à Charleroi ? Ou bien se fout-elle royalement de sa gueule ?

– Mbrrrrrr, grommèle-t-il sourdement.

– Je veux dire par là : une mauvaise piste qui conduit à une bonne, poursuit Valeria sans se soucier de son collègue. Car j'ai l'impression que, hormis la première, les victimes sont choisies *pour leur nom*.

– Qu'est-ce qui te fait dire cela ? prononce Warnotte d'une voix plus intelligible.

– Le patronyme de la première victime est typiquement wallon. Les autres sont typiquement flamands. Aucun nom d'origine étrangère.

– C'est vrai, concède Warnotte. Pas même un nom d'origine italienne, précise-t-il en regardant Nencini, qui a toujours les yeux en l'air.

– Or, poursuit celle-ci, d'après ta propre analyse, le premier crime est à part : c'est le seul à avoir été souillé.

– Un taré, cet assassin, te dis-je, un ta-ré, scande le commissaire qui se rappelle alors la première des macabres découvertes. Un fou de chez maxi-folie !

– Peux-tu me remontrer les croquis ?

Le commissaire ressort de son dossier les trois dessins trouvés dans les manches des victimes, qu'il avait à peine montrés à sa collègue, comme s'il craignait qu'un habitué de *La langue au chat* les lui vole. Après les avoir observés avec attention pendant moins de dix secondes, Valeria relève à nouveau les yeux vers le plafond, y rencontrant ceux d'un petit lézard caché dans un fouillis de feuillage, qu'elle n'avait pas encore remarqué.

– Le stylo, qui se précise entre l'avant-dernier et le dernier dessins… Ce sont des écrivains !

– Possible, j'y ai pensé, bien sûr…

– Je sais de qui il s'agit, déclare Valeria Nencini.

–Cela ne m'étonne pas. Je savais que tu saurais, triomphe Paul Warnotte en sourdine.

–Le chapeau, la pipe : Georges Simenon.

–Mmmm, se garde de trop acquiescer le commissaire, déçu de ne pas y avoir songé par lui-même. Et l'autre ? Victor Hugo, peut-être ?

Valeria ne relève pas le manque criant de culture littéraire que révèle cette dernière supposition. Elle se contente de poursuivre :

–Les lunettes cerclées, la main sur le visage, la proximité avec Simenon : André Gide !

Le commissaire a sursauté, comme en proie à une décharge électrique. Soulagement de voir l'enquête avancer ? Satisfaction d'avoir fait appel à une collègue compétente ? Souvenir scolaire lointain qui active on ne sait quel redent de son inconscient ? Désir de s'approprier le triomphe évident de sa rivale ? Le garçon principal de *La langue au chat* s'en tient quant à lui une autre interprétation, plus simple : voilà un client qui le hèle pour demander une nouvelle consommation.

–Euh, pour moi, un café, lui répond Warnotte tout en essayant de cacher sa première tasse, qu'il a à peine entamée. Qu'est-ce que je peux t'offrir, Valeria ? demande-t-il à sa collègue dans l'espoir de détourner l'attention.

–Vous avez du jus de canneberge ? s'enquiert Nencini, qui remarque que son collègue vient de prononcer son prénom pour la première fois depuis qu'ils sont assis à la même table.

– En fait, ta petite découverte ne nous avance guère, geint le commissaire. En quoi des portraits de romanciers du passé m'aideront-ils à arrêter l'assassin ?

– Je crois que les deux écrivains, réfléchit tout haut l'inspectrice, ont échangé une correspondance. Gide a déclaré que Simenon était le Balzac du XXe siècle…

– Ben oui, chacun sait cela… Mais, et alors ?

– Rien… Par ailleurs, le dernier nom, selon le message de l'assassin, devrait être plus significatif que les précédents…

Valeria sort alors son *smartphone* de son sac et lance une recherche à partir des noms « Lina Van Hamme », « Gide » et « Simenon ». En une seconde, lui sont proposés plusieurs sites – la machine précisant qu'un terme est « manquant » dans ceux-ci : « Gide » – sites qui sont consacrés à un roman précis de Simenon, *Le Bourgmestre de Furnes*. Une page *Wikipédia* lui est même consacrée. Sur celle-ci, Valeria apprend (et elle commente en direct ses découvertes à l'intention de Warnotte) que les deux dernières victimes, Lina Van Hamme et Jef Claes, portent les mêmes noms que des protagonistes de ce roman.

– Ce sont des personnages importants, souligne l'inspectrice en quittant des yeux son écran pour fixer un point situé juste au-dessus de la tête du commissaire, dans l'exact prolongement de l'axe du corps de celui-ci, et qui correspond à la lettre « o » dans une vieille affiche publicitaire en émail pour les sources Chevron. Sans doute les victimes précédentes portent-elles le nom de personnages secondaires, comme en pullulent dans les romans réalistes, et qui ne sont pas recensés sur cette page *Wikipédia*. C'est pourquoi en donnant le nom du personnage féminin principal, l'assassin t'a demandé si tu avais compris.

– Mmmm. Ingénieux, mais un peu tiré par les cheveux, non, Valeria ? résiste encore le commissaire, tout en sentant que sa collègue a pour le moment barre sur lui.

– Le criminel donne, dans ses dessins, chaque fois un indice supplémentaire… Il en va de même quant aux noms : ce n'est pas un hasard si ce sont les deux derniers qui renvoient clairement à des personnages de Simenon identifiés par Internet.

À ce moment, Warnotte vide d'un trait sa tasse de café froid (car le garçon approche avec, sur son plateau, un café fumant et un verre de betterave pressée – il n'y avait plus de jus de canneberge).

Le commissaire s'est brûlé le palais en avalant son second café. Il est à présent debout entre la table et la banquette.

– Comment s'appelle le héros du roman ? s'enquiert-il avec empressement.

– Joris Terlinck, répond Valeria, qui n'avait pas encore quitté la page de l'anthologie numérique consacrée au *Bourgmestre de Furnes*.

– Terlinck ? Avec « ck » à la fin ?

– Oui. C'est toi qui fais attention au détail des lettres ? s'étonne Nencini.

Sans se rasseoir, Warnotte se met à son tour à pianoter sur son téléphone intelligent.

– Pourquoi restes-tu ainsi debout ? lui demande alors l'inspectrice, qui le considère de façon directe, peut-être pour la première fois depuis le début de leur entretien, et qui s'étonne de sa grande taille.

Le commissaire ne prête pas attention à la remarque de sa collègue. Il fronce les sourcils (sourcils qu'il a épais, broussailleux, intimidants, semblables à un mûrier à la saison des fruits). Ainsi, étrangement, songe Valeria en l'observant en contre-plongée, il ressemble à l'angelot aux cheveux fous qui flotte juste au-dessus de lui sur le plafond.

– D'après Internet, un homme qui se nomme précisément Joris Terlinck habite à Uccle.

Et sans plus attendre, il enfile son pardessus et s'éloigne de la table.

– Où vas-tu ? s'étonne Valeria.

– Je rentre à Bruxelles. Au commissariat. Il faut que je fasse surveiller cet homme immédiatement. Et de près. De manière à coincer l'assassin quand il s'en approchera.

– Mais tu peux lancer tes troupes par téléphone ! Nous n'avons fait qu'entamer notre réflexion, rouspète Valeria. Des tas de questions demeurent en suspens : quel est le lien entre le roman de Simenon et le meurtre de la juge ? Quel est le message (et donc le mobile) du meurtrier ? Et *quid* d'André Gide dans cette histoire ? Il faut aussi vérifier mon hypothèse quant aux noms des autres victimes afin de savoir s'ils apparaissent bien dans *Le Bourgmestre de Furnes*…

Le commissaire prend quand même le temps d'écouter l'inspectrice, en direction de laquelle il tourne le visage. Mais le reste de son corps est déjà orienté vers la sortie du célèbre établissement : il a l'air d'un homme en pleine course immobilisé par un cliché qui capte le mouvement.

– Tu poursuivras aussi bien toute seule cette « réflexion », lâche-t-il en forçant un peu sa voix vers les aigus au moment de prononcer le terme emprunté à Nencini. J'appelle aussitôt mes « troupes », comme tu dis, pour les mettre à la tâche. Mais ma place est parmi mes hommes. Je ne peux pas prendre le risque de laisser une seconde de plus ce Joris Terlinck en danger de mort.

Et, tout en appuyant sur une touche de son *smartphone*, il se précipite vers la porte de *La langue au chat*. On sent, à le voir courir ainsi, avec la prestance d'un jeune amoureux qui se rend à un rendez-vous galant, qu'il a retrouvé son moral d'acier. Il est content de lui, songe avec amertume Valeria, juste avant de se rendre compte que ce mufle de Warnotte n'a payé aucune consommation.

Heureusement que j'ai la mémoire des noms, se dit Valeria. Mais elle prend tout de même la précaution de noter, avant qu'ils ne s'effacent de sa mémoire, ceux des trois premières victimes frappées par cet assassin aux références littéraires: Amandine, non, Séverine Piron, Clément Schrooten et Fernand Crams.

Après quoi, elle laisse son esprit vagabonder sur l'intrigue du roman flamand de Simenon. Elle n'est jamais allée à Furnes… Il semblerait que le père de Maigret non plus… Et elle se demande pourquoi… Les écrivains, peut-être, se sentent plus libres en arpentant les territoires de l'imaginaire qu'en décrivant les lieux qu'ils connaissent par cœur? Ou du moins leur faut-il oublier un peu un coin de terre pour avoir envie de le peindre? Peut-on à la fois contempler un objet et en concevoir l'image en pensée?… Elle se doute que pareilles interrogations n'ont que peu à voir avec son enquête… enfin, « son » enquête, celle de Warnotte, plutôt… Mais enquête personnelle ou d'autrui, peu importe: elle a besoin d'en sortir régulièrement pour mieux réfléchir… Le personnage principal… Joris Terlinck est bourgmestre, donc homme politique… Le mobile de l'assassin serait-il à chercher de ce côté-là ? Une histoire d'intercommunale ? De pot-de-vin ? Non, cela ne tient pas : la juge victime du coup de couteau initial n'a jamais traité ce genre d'affaires. Le Terlinck de Simenon était aussi homme d'affaires… Patron d'une usine de cigares… N'est-ce pas en Belgique que tourne aujourd'hui la plus grande usine de cigares d'Europe ? À Lummen, dans le Limbourg, si mes souvenirs sont bons[3]… Lummen, avec deux « m »… Mauvaises pistes et même pas fausses mauvaises pistes…

André Gide… N'a-t-il pas écrit un roman intitulé *Les Enfants terribles* ? Non, ce n'est pas lui, c'est Cocteau… Et *Les Faux-Monnayeurs* ?… Qu'est-ce que de la fausse monnaie viendrait faire dans cette histoire ?

Soudain, prise d'une impulsion, elle reprend son *smartphone*, non pour vérifier la bibliographie de Gide, mais pour user d'une fonction annexe de cet engin qui sert de cerveau bis, d'agenda, de portefeuille, de porte-monnaie, de badge, de lampe de poche, de calculatrice, de pense-bête, d'horaire de bus, de télévision, de dictionnaire, de jeu passe-temps, de cinéma, de *juke-box*, de messagerie et de journal en temps réel : le téléphone.

Comme toujours, j'arrive trop tard pour décrocher mon téléphone portable[4]. Celui-ci m'informe que l'appel manqué provient de Valeria Nencini.

Bien qu'elle ait dépassé la barre fatidique des 40 ans, Valeria est à mes yeux une jeune femme…

---

3 Authentique.

4 Authentique.

[Pour rappel, l'action se passe dans le futur: je dois donc déjà être assez vieux. Il s'agit d'un futur proche, a spécifié mon narrateur. Toutefois, le temps passe vite: méfions-nous. Si ce futur, on l'a vu, est idéalisé par le récit, il ne faut pas nourrir ici d'espoirs inconsidérés. Peut-être porté-je toujours des vestons rouges, mais mes cheveux, au cas où il m'en reste, doivent être gris et ternes. Gageons que mes rides gardent la trace de mes grands sourires naïfs plutôt que de mes crises de larmes.]

… et j'ai pour règle de ne jamais aborder les jeunes femmes et de n'appeler, parmi celles-ci, que ma fille et mes petites-filles (si celles-ci, d'ici là, acceptent de venir au monde), de peur d'être inconvenant, ou encombrant ou… Bref. Appeler est certes proscrit, mais rappeler est permis: c'est même obligatoire.

–Ah, dis-je quelques minutes plus tard. Tu oublies que je suis pensionné, Valeria. Je ne suis plus conservateur du Fonds Simenon depuis plusieurs années. Cela dit, dans ma bibliothèque personnelle, se trouve toujours l'ouvrage de Michel Lemoine qui recense tous les personnages des romans de Simenon.

Il faut espérer que la bibliothèque en question soit alors aussi bien rangée qu'aujourd'hui, sans quoi autant retrouver un chat dans un sac, pardon, une aiguille dans une botte de foin: un livre au milieu de milliers de livres… Pas de panique: l'index est à sa place, juste avant les œuvres complètes de Simenon. Je suis en mesure de confirmer que Clément Schrooten et Fernand Crams sont bel et bien des personnages secondaires du *Bourgmestre de Furnes*. En revanche, aucune Séverine Piron ne hante l'œuvre pléthorique du père de Maigret.

–Le nom « Piron » me dit tout de même quelque chose. C'est grâce au professeur Piron que l'Université de Liège a hérité des archives de l'écrivain liégeois. Maurice, et non Séverine, Piron était devenu ami avec Simenon à la fin de sa vie. Mais cela n'a certainement rien à voir avec ton enquête…

Sans doute fais-je cette dernière remarque dans l'espoir de délier la langue de Valeria, qui ne m'a dit que le strict minimum concernant l'affaire en cours.

– Un hasard, me répond Valeria, tout en songeant : probablement est-ce ce détail biographique qui a donné l'idée à l'assassin érudit de centrer ses indices autour de Simenon… d'ailleurs, ce dernier n'est pas ici seul en cause.

– Il y a du bruit derrière toi, dis-je, mon ouïe s'étant dégradée avec l'âge, n'hésite pas à me parler plus fort… Gide ? André Gide ? Oui, en effet, il avait échangé avec Simenon une correspondance, que mon collègue et ami Benoît Denis a publiée il y a longtemps… Un lien particulier entre Gide et *Le Bourgmestre de Furnes* ? Attends… Oui, bien sûr… Je vais t'expliquer cela…

Joris Terlinck est lui aussi détenteur d'un *smartphone* (peut-on encore vivre sans ?), engin qui laisse un peu partout, sous les étoiles, au cœur des satellites et dans le ventre gourmand des ordinateurs, la trace de ses diverses déambulations. Cas de force majeure : le commissaire Warnotte contacte le juge d'instruction Hamzaoui afin d'obtenir l'autorisation de géolocaliser un individu qui n'a pourtant rien d'autre à se reprocher que de porter le même prénom et le même nom qu'un personnage de roman du XXe siècle.

Car les inspecteurs Thonnart et Van Stevenaert, dépêchés sur place, se sont vite aperçus que Terlinck n'était pas chez lui. La voisine de celui-ci a pu les renseigner : comme tous les vendredis, l'homme devait être dans un magasin de seconde main arborant l'enseigne des *Petits Riens*. Telle est son habitude.

– Dans quelle antenne de la chaîne ? s'était enquis l'inspecteur Thonnart.

– Celle d'Anderlecht ou celle des Marolles ? avait demandé l'inspecteur Van Stevenaert.

– Difficile à dire, avait répondu la dame. Il passe sa journée à faire le tour des différents magasins. Il ne se contente pas de Bruxelles. Il circule un peu partout.

– Les *Petits Riens* comptent 28 magasins en Belgique, a expliqué quelques minutes plus tard le commissaire Warnotte au juge d'instruction Hamzaoui. Or, toutes les victimes ont été surprises alors qu'elles pratiquaient une activité coutumière. Par conséquent, lorsqu'il se rend dans l'une ou l'autre des implantations des *Petits Riens*, Terlinck risque sa vie sans le savoir.

Le juge a cédé aux arguments de Warnotte, qui s'est entretemps rendu dans les locaux flambant neufs du Central Informatique de Géolocalisation.

– Votre homme se trouve à présent rue Américaine, à Ixelles, lui affirme peu après l'inspecteur informatique Luc Testalonga.

Il se trouve que Paul Warnotte s'y est déjà rendu, dans cette implantation des *Petits Riens*, rue Américaine. C'est d'ailleurs le magasin central de cette chaîne caritative. Il est sis depuis 1954 dans une ancienne manufacture de cigarettes. La façade du bâtiment affiche d'ailleurs toujours le nom de celle-ci sur son fronton : Ed. Laurens 1905. Les objets de seconde main y occupent trois étages. Ou quatre ? Le commissaire ne sait plus exactement : la période de sa vie où il prenait plaisir à chiner est loin derrière lui. Il était alors passionné par les bouchons de carafe et il était capable de faire le trajet Charleroi-Bruxelles dans l'espoir de dénicher le bouchon en cristal à facettes numéroté qui correspondait au goulot d'une carafe dépareillée qu'il avait achetée un jour sur un marché hollandais. Bien lui en avait pris : c'est rue Américaine, au milieu d'un fatras d'objets sans valeur qu'il avait trouvé la plus belle pièce de sa collection. Valeria aussi avait eu sa phase *Petits Riens*, même si elle ne se résolvait jamais à acheter quoi que ce soit dans aucune des antennes de la chaîne, mais elle aimait bien le nom, *Petits Riens*, modeste, désuet, euphémisant et pour tout dire, à ses yeux, très belge – elle ne savait pas pourquoi au juste.

Mais, au présent de l'action, l'inspectrice ne songe pas du tout aux *Petits Riens* puisqu'elle ignore, pour sa part, que Joris Terlinck, l'homonyme du héros simenonien, est en train, au risque d'y perdre la vie, d'arpenter les artères encombrées de son magasin ixellois, avec bonhomie, en rêvant de dénicher l'objet qu'il cherche depuis toujours sans avoir la moindre idée de ce à quoi il ressemble.

– Est-ce que vous aimez la lune ?

L'assassin (les lectrices et les lecteurs ne le savant pas encore), comme pour laisser à ses futures victimes une dernière chance, leur a chaque fois posé (sauf à la magistrate Piron), avant de frapper, une question insolite, sans savoir quelle réponse l'inciterait à la clémence : « Rêvez-vous en couleurs ? » ou « Préférez-vous la musique à votre petite sœur ? »

Joris Terlinck trifouille dans le rayon « couverts » en quête d'une pince à sucre de format « crabe », pareille à celle que sa grand-mère possédait jadis, quand cette question insolite résonne dans ses oreilles. Il ne lève pas directement les yeux : il vérifie que le bac en plastique qu'il a commencé à fouiller ne contient que des fourchettes. Mais il répond tout de même :

– Le rayon « livres » est au rez-de-chaussée. Vous y trouverez sans doute l'ouvrage d'astronomie que vous appelez de vos vœux.

Une petite caisse en carton fatigué, à côté du bac qu'il vient d'explorer, regorge d'ustensiles de table inclassables, plus rares que la sainte trilogie fourchette, couteau, cuillère : tire-bouchons métalliques, louches à soupe ou à sauce, couverts à salade, porte-couverts, pelle à tarte, roulette à pizza et, oui, d'accord, une pince à sucre (ou à glace ?) mais ne répondant pas au modèle « crabe » qu'il recherche, avec ressort (vous appuyez sur le bouton situé au sommet de l'engin et trois pattes s'écartent pour saisir, tel un crabe sa proie, en effet, le morceau de sucre qui ira bientôt fondre dans la mer amère d'un café brûlant).

Joris Terlinck songe à cet instant à sa grand-mère, qui lui interdisait de chipoter à sa pince à sucre en argent : « Ce n'est pas un jouet ! », disait-elle. Elle n'avait pas tort, pense notre homme.

Cette pensée, nostalgique et magnanime, sera-t-elle la dernière à peupler son esprit ?

Il sent que le passionné d'astronomie, au lieu d'écouter son conseil et de se rendre au rayon « librairie », est demeuré immobile auprès de lui.

– Savez-vous, reprend la voix dans son dos, que nous sommes dans une ancienne manufacture de cigarettes et que vous portez le prénom et le nom d'un personnage de roman qui était patron d'une usine de cigares ?

Paul est au volant (il traverse la capitale en direction de la rue Américaine, mais les rues sont encombrées) quand retentit la sonnerie de son vieux *smartphone*, qu'il décroche grâce à son kit main libre. L'appel vient de Valeria.

– Je t'écoute, lui lance-t-il sans prendre le temps d'un rebonjour.

– J'ai pris contact avec l'ancien conservateur du Fonds Sim…

– Au fait, Valeria ! Au fait ! Je suis en pleine action, là ! Donne-moi le résultat de tes enquêtes et de tes fines déductions, mais, de grâce, épargne-moi le cheminement tortueux que tu as emprunté pour y parvenir.

Bref silence. Après lequel l'inspectrice s'exécute.

– Gide/Simenon. Stop. Gide a écrit *La Séquestrée de Poitiers*. Stop. L'histoire d'une fille folle enfermée dans sa chambre par sa famille, qui vit dans ses déjections. Stop. Et la fille de Joris Terlinck est folle également, enfermée également, dans ses déjections également.

– Ses déjections ? s'inquiète Warnotte.

– Sa merde. Stop. D'où la merde sur le visage de la juge Séverine Piron. Stop. Que tes enquêteurs cherchent dans les affaires qu'elle a traitées un père ayant séquestré sa fille malade mentale. Stop. Je raccroche. Bonne chance.

La route se dégage devant la voiture de Paul Warnotte.

Comprenant que son interlocuteur le connaît bien, Joris Terlinck se retourne brusquement. Il imagine qu'il va retrouver un ami perdu de vue.

Bien lui en prend : il aurait réagi un instant plus tard, une arme s'enfonçait irrémédiablement dans sa nuque. Par hasard, par chance, il a toujours, dans sa main gauche, la roulette à pizza qu'il a saisie pour mieux observer les autres objets contenus dans la caisse en carton – ce qui fait reculer l'assassin.

Terlinck est toujours de bonne humeur quand il est dans une boutique des *Petits Riens* : il a l'impression d'être dans une caverne aux souvenirs, douce, nostalgique, pleine d'espérance. Aussi, quand il comprend que l'inconnu qui l'a abordé en est pleinement un, d'inconnu, émet-il, avec jovialité, l'hypothèse la plus sympathique parmi toutes celles qui pourraient expliquer la situation…

–Vous êtes Monsieur Zygo ?

… faisant ainsi appel à une référence télévisuelle ertébéenne belgofrancophone que les moins de 30 ans ne doivent pas connaître. Mais son interlocuteur compte visiblement davantage de printemps à son actif.

Pareille interpellation réveille chez l'assassin une douleur ancienne : ses parents n'avaient pas la télévision quand il était enfant. À l'école, il devait faire semblant, pour dissimuler sa honte, de connaître le contenu d'émissions dont il ne savait rien. Mais comment deviner que « Zygomaticorama » était un programme comique ? Il avait cru qu'il s'agissait d'une émission de vulgarisation scientifique, ce qui avait activé les muscles zygomatiques de ses condisciples, notamment ceux de Nathalie, pour laquelle battait secrètement son cœur…

Cependant, Joris Terlinck se rend compte qu'il tient toujours en main un objet ridicule qu'il ne compte nullement acheter et qui, il le devine, est de nature à faire rire à ses dépens les téléspectateurs : une roulette à pizza ! Il se retourne donc pour la remettre à sa juste place, dans la boîte *ad hoc*, car notre chineur respecte l'ordre propre à ce lieu, que seuls ceux qui ne le fréquentent guère comparent à un capharnaüm. Sera-ce sa dernière pensée ?

C'est le moment ou jamais, se dit l'assassin.

Mais une poigne de fer saisit la main armée qui s'apprêtait à frapper.

Une fois de plus, le commissaire Paul Warnotte est arrivé juste à temps.

– Un as, ce Warnotte ! Cela me plairait de bosser avec lui, s'exclame Amaury Makowski, inspecteur récemment nommé dans le district de Charleroi.

– J'ai eu ce privilège, répond Valeria Nencini à son jeune collègue. Nous avons travaillé ensemble, ici, dans ce bureau où tu manges ton sandwich.

Voilà qui impressionne le jeune homme. Il tourne vers Nencini un regard neuf, comme s'il la voyait pour la première fois. Il se demande vaguement quel âge elle peut avoir.

C'est la pause de midi. Amaury, qui s'est passionné pour cette affaire de tueur en série psychopathe, en résume à grands traits, pour son aînée, les principaux faits.

– L'homme semblait équilibré jusque-là, mais il a basculé dans la folie en 2020, durant la pandémie. Son ex-femme et lui gardaient alternativement leur fille, qui souffrait de troubles psychotiques graves – une enfant sauvage, si vous voyez ce que je veux dire. La mère de l'enfant était en voyage d'affaires quand le coronavirus a frappé la Belgique. Comme les frontières ont été fermées, la pauvre est restée coincée aux États-Unis. Par ailleurs, le premier confinement a été décrété, en sorte que l'école spéciale fréquentée par la petite a fermé ses portes. Enfin, je dis « la petite », mais elle était déjà grande, une ado… Quant au père, il travaillait dans le secteur culturel : l'ASBL qu'il avait mise sur pied organisait des manifestations littéraires, notamment dans les écoles. Il a perdu son emploi du jour au lendemain. De toute façon, il n'aurait pas pu bosser en gardant son enfant… Père et fille se sont donc retrouvés enfermés, seul à seule, durant plusieurs semaines. Petit à petit, l'homme a cessé de contraindre la gamine à suivre les règles habituelles : il n'a plus réussi, par exemple, à l'obliger à s'habiller, puis à manger à heure fixe, etc. Il l'a laissé vivre à sa guise. Ensuite, dans un second temps, il s'est adapté à ses mœurs à elle. Il s'est mis à vivre comme elle, vous imaginez un peu. Enfin, non, vous n'imaginez pas, et moi non plus : c'est inimaginable. Cela va très vite, la décadence. Quand la mère est rentrée, elle s'est précipitée chez son ex pour découvrir un spectacle affreux : père et fille vivaient nus, dans la crasse, dans la pénombre, les volets fermés, sans plus aucune espèce d'horaire et, excusez-moi du terme, dans la merde. S'en est suivi un procès : le père a logiquement perdu la garde de l'enfant. L'homme, qui a été contraint de suivre une thérapie psychiatrique, n'a jamais accepté le jugement. Selon lui, il avait agi par amour pour sa fille – un amour total, entier, sans borne, au-delà des vaines conventions. Il avait profité de cet enfermement imposé par la société pour échapper à la société, justement, pour faire une expérience : vivre selon les normes de son enfant, qui n'étaient pas pires que les nôtres, etc. Vous voyez le genre de discours. Il prétendait mordicus que sa fille était heureuse ainsi, sans contrainte. Sa défense était politique, si vous voulez. La suite a prouvé qu'il était bel et bien devenu fou à son tour. Ce n'est qu'après avoir appris le décès de sa fille adorée qu'il a décidé de se venger. Il a pris le temps de réfléchir à son mode d'action. Il a d'abord assassiné la juge qui avait prononcé la sentence lors de son procès : la tuer ne lui suffisait cependant pas. Il a maculé son cadavre avec ses excréments. Ce n'était pas encore assez. Il a voulu que l'on sache quel était le sens de ce meurtre et a cherché un moyen détourné, en se basant sur ses connaissances littéraires, pour en préciser le sens…

– Les cibles de l'assassin sont, en quelque sorte, souligne l'inspectrice, les dernières victimes du coronavirus.

Cela dit, Valeria n'écoute plus que d'une oreille le récit de son jeune collègue – récit qu'elle connaît déjà et dans lequel son rôle ne sera nullement mentionné. Dire que Warnotte n'a même pas pris la peine de la rappeler pour lui dire qu'il avait arrêté l'assassin, juste avant qu'il ne frappe une dernière fois ! Heureusement qu'elle lit le journal ! Négligence de la part de son ancien collègue ? Elle pense plutôt que, en vertu d'une sorte de culpabilité mal digérée concernant sa promotion, il s'ingénie à agir en sorte qu'elle lui en veuille vraiment. Ou un truc tordu du genre. Mais elle n'a pas envie de tomber dans pareil piège psychologique. Pas envie de s'encombrer de haine. Pas envie de vivre dans la rancœur.

– Tu as raison, Amaury, finit-elle par dire à son jeune collègue. Un as, ce Warnotte !

Le jour du référendum

Ainsi, l'art est politique
de ne pas être politique
comme la politique.

Jean-Marie Piemme

À Laurence encore

[*Femme seule. Âge normal (à vous de voir). Intérieur un rien désuet.*]

JULIENNE : J'ai fini par l'aimer, mon prénom. « Julienne », au moins, c'est original, me suis-je dit. Jusqu'à il y a peu, je me faisais appeler « Juliette » : cela me semblait moins vieillot. On songe à *Roméo et Juliette*. Mais depuis que Michel est parti… et que je vis seule… « Julienne » me va mieux, finalement… Et puis, sainte Julienne était de chez nous, m'expliquait ma mère avec un brin de fierté dans la voix, quand j'étais enfant. Julienne de Cornillon, née à Retinne, dans la région liégeoise, au Moyen Âge. C'était une femme savante, pour l'époque. Une religieuse. Une musicienne aussi, je crois… Maman était très catholique : elle aimait l'idée que sa petite fille soit protégée par une sainte locale… C'était un peu ridicule, je veux bien. Mais, depuis que Maman n'est plus là, ses préoccupations religieuses me touchent…

C'est peut-être aussi pour cela que, désormais, j'assume : je me fais appeler « Julienne ». Pourtant, je ne crois plus en Dieu depuis longtemps… Et même s'il existe, il me semble évident que Dieu ne se soucie guère de notre destinée : il a trop à faire avec le vaste univers. Alors que les ancêtres, qui sait ?… Qu'ils veillent sur nous, de là où ils sont ou ne sont pas, cela me semble un peu moins absurde. Pas vous ? Ils nous ont connus… Qu'une sainte oubliée soit sensible à une petite fille qui porte son prénom, pourquoi pas ? Bien sûr, une sainte n'a pas les pouvoirs d'une déesse. Sainte Julienne n'a pas empêché Michel de me tromper… Elle aurait pu – je ne sais pas, moi ? – encourager un pigeon à laisser tomber ses déjections sur son crâne le jour où il avait son premier rendez-vous avec cette Natacha… « Natacha » : j'aimais bien ce prénom, avant. Il me faisait rêver à la Russie d'autrefois… Mais bon… Qui sait ? Sainte Julienne a peut-être essayé et a raté son coup ? En tout cas, ce soir, quand je prendrai mon bain (l'eau chaude est propice à la méditation, je trouve), je prierai un peu sainte Julienne. À propos du référendum en Flandre. Pour ou contre l'indépendance. Qu'elle fasse que, demain, les Flamands votent en faveur de l'unité de la Belgique… Je sais qu'au XIIe siècle, du temps de Julienne de Cornillon, la Belgique n'existait pas, mais la sainte n'est peut-être pas indifférente au sort du pays… Au pire, cela servira seulement à m'apaiser un peu. Comme l'eau chaude de mon bain… Notez que je trouve cela plutôt bien, ce référendum. J'aurais préféré qu'à Michel soit posée la question : « Veux-tu rester uni à Julienne ou prendre ton indépendance ? » Et qu'il réponde franchement plutôt que d'attendre d'en croiser une autre sur son chemin… J'aurais, bien sûr, préféré qu'il réponde : « Je reste uni à Julienne. »

Mais s'il avait déclaré : « Je préfère reprendre ma liberté », je ne me serais pas accrochée comme une malheureuse à ses basques… S'ils ne nous aiment plus, mieux vaut que les Flamands déclarent l'indépendance. C'est mieux que de nous tromper, non ? Enfin, je ne sais pas…

[*Un silence. Julienne lève les yeux au ciel.*]

Julienne : Qu'en pensez-vous, sainte Julienne de Cornillon ?

[*Au bord du fleuve. Deux hommes. Âge normal (selon vos propres critères, c'est-à-dire sans doute selon votre âge).*]

Claude : D'accord, Vincent : la vie n'a pas de sens. C'est une évidence ! Bravo pour la découverte philosophique ! Mais c'est lui en accorder un que de vouloir la fuir ! Te suicider ce soir, à 21 heures précises : tu vois bien que c'est un projet. Et qui dit projet, dit sens !

Vincent : Tu finasses en vain, Claude ! Ma vie est merdique, désormais. Ce ne sont pas tes sophismes qui m'empêcheront de me jeter dans la Meuse !

Claude : Mais par rapport à quoi peux-tu décréter que la vie est merdique ? Belle ou laide ? Nous ne connaissons rien d'autre que la vie. Nous n'avons d'elle qu'un savoir relatif et non un savoir absolu ! À peine avons-nous une vague intuition de la Vie absolue en tant que vie-face-à-la-mort… Le seul absolu à notre portée, c'est la mort… Donc de deux choses l'une : soit la vie a un sens, qui n'est autre que de se construire en opposition face à la mort : ton argument de l'absurdité de l'existence tombe alors à l'eau. Soit, comme tu le poses en axiome, la vie n'a pas de sens : alors, aucun geste posé par un vivant n'en a – pas même celui de se donner la mort. À moins que... cela soit justement le seul geste qui ait une vraie signification... Tu vois un peu l'ironie : tu te tues parce que la vie n'a pas de sens et en te tuant, tu lui en confères un !

VINCENT [*après avoir applaudi*] : Belle démonstration... J'accepte d'y voir l'effort désespéré que te dicte ton amitié pour moi. Mais l'amitié ne peut pas plus suffire que tes démonstrations. Ma réponse est simple : ce n'est pas *la* vie (de façon absolue) qui est merdique. Mais *ma* vie (toute relative) ! Je n'ai pas d'enfants, plus de femme et plus de boulot ! Et peut-être, demain, plus de pays ! Voilà ma vie. Je ne la compare pas à la mort, mais à la vie des autres... Qu'est-ce que tu cherches ?

CLAUDE [*sortant un petit carnet de son sac et le consultant*] : Je cherche une citation de Rousseau dont j'ai pris note... Voilà : « Tel riche se croit ruiné quand il ne lui reste que le bien dont il a besoin, et croit mourir de faim s'il faut chasser un parasite. Une preuve que tant de malheurs sont la plupart imaginaires, c'est que la même condition qui fait le désespoir de celui qui s'y trouve ferait, telle qu'elle est, le bonheur de cent autres. On ne compare point ce qu'on est, ni à ses besoins, ni à l'état d'autrui, mais à ce qu'on était, ou à ce qu'on voulait être ; l'ambition compte toujours pour rien ce qu'elle acquiert et pour tout ce qui lui échappe. » C'est cela, on ne saurait mieux dire : tu te compares à ce que tu étais...

VINCENT : Mmm... Sacré Claude, comme tu es pédant, tout de même... Peut-être est-ce les deux : je compare ma vie présente à ma vie passée et à celle des autres ! Pas celle des malheureux qui vivent dans un pays en guerre, évidemment, celle de mes proches. Si je pouvais, par exemple, être aussi heureux en amour que toi...

CLAUDE : Oh ! Tu idéalises le couple que nous formons, Charline et moi…

VINCENT : Ah bon ? D'ordinaire tu me trouves trop cynique ! Voilà que je deviens un idéaliste, *in extremis* !

CLAUDE : On s'est encore disputés hier…

VINCENT : À quel sujet ?

CLAUDE : Peu importe le sujet… Il y a une mécanique qui ne fonctionne plus entre elle et moi. Dès que j'avance une idée – ou plutôt : ce qui s'apparente de près ou de loin à une idée –, il faut que Charline me contredise.

VINCENT : Ce n'est pas la première personne avec qui tu rencontres ce problème. On en a déjà parlé. Tu souffrais déjà de cela quand tu étais ado. Avec ton cousin… J'ai oublié son nom…

CLAUDE : Bruno…

VINCENT : Oui, Bruno, voilà, qui s'ingéniait toujours à te clouer le bec ! Tu es trop affirmatif, Claude, trop péremptoire, trop carré dans tes arguments. Cela donne envie de prendre leur contrepied. Simplement pour exister…

CLAUDE : Après « pédant », « péremptoire »… Comme si j'occupais une place forte… J'ai plutôt l'impression d'être sur le banc des accusés, de devoir toujours me défendre, comme un éternel suspect… Sans cesse, je suis amené à me justifier. Et cela de façon *régressive*…

VINCENT : Régressive ? Qu'entends-tu par là ?

CLAUDE : Eh bien. Disons que j'entame la conversation en défendant, peut-être un peu imprudemment, je veux bien le reconnaître, le point de vue C. Charline me répondra Non-C : « Comment peux-tu affirmer C ? C'est scandaleux ! » Alors, pour expliquer mon point C, je remonte au point A. Je sais très bien pourquoi : j'ai un parcours conceptuel en tête, de nature à rendre acceptable ma position aux yeux de Charline. Mais au lieu de me laisser filer mes arguments de A à C…

VINCENT : Tu vois comme tu es ! Tu veux qu'elle t'écoute comme un maître d'école ! Je peux la comprendre : elle ne veut pas être ton élève !

CLAUDE [*sans relever la remarque de son ami*] : … Elle m'attaque à nouveau avant que je n'aie fini mon argumentation.

VINCENT : C'est son droit !

CLAUDE : Et là, elle ne m'attaque pas nécessairement en défendant « Non-A », mais en critiquant un détail afférent à A, détail dont je n'ai cure, au sujet duquel elle postule un désaccord entre nous alors qu'il n'y en a pas nécessairement… Du coup, je m'en explique et elle trouve un autre point de désaccord dans ma nouvelle explication… Et ainsi de suite. Je n'ai jamais l'occasion d'en revenir à ce qui m'importe : mon C initial.

VINCENT : Elle ne te laisse pas faire ta démonstration du haut de ta chaire. Elle te rend service, en fait : elle t'empêche d'être péremptoire !

CLAUDE : Tu es mon ami ou mon juge ?

VINCENT : Un ami, cela ne doit pas nécessairement passer la gomme…

CLAUDE : Je me demande pourquoi je me fatigue à essayer de te sauver la vie…

VINCENT : Charmant ! Voilà que tu parles vrai !

CLAUDE : Mais non. Dans le fond, je n'y crois pas un instant, à ton projet de suicide, sinon je ne philosopherais pas : je pleurerais !

VINCENT : Tu philosophes peut-être trop, ces temps-ci. Et tu ne pleures plus assez… Regarde l'explication que tu viens de me donner de tes problèmes de communication avec Charline : elle est trop abstraite pour être touchante ! Si tu me donnais un exemple concret, et non une formule algébrique, je serais peut-être plus compatissant à ton égard. Pourquoi ne me confies-tu pas l'objet de votre dispute ?

CLAUDE : Parce que j'en ai honte !

VINCENT : Profites-en ! Décharge sur ton ami Vincent toute ta honte. C'est sans danger ! Je n'en parlerai à personne. Demain, je dis adieu à la vie, alors !

CLAUDE : [*feignant de rire*] C'est vrai que tu peux être cynique… On s'est disputés à propos du référendum de demain. Pour ou contre l'indépendance de la Flandre…

VINCENT : Ah ! Oui. Je comprends. J'avoue que ce n'est pas très sexy, comme dispute de couple. Peu de chance que cela se résolve au lit ! C'était quoi, ton grand C initial, dans ce conflit conjugal ?

CLAUDE : Une observation purement sémantique, qui ne mangeait pas de pain. J'ai fait remarquer à Charline que même leurs adversaires désignaient, et cela depuis longtemps, les partisans de l'indépendance de la Flandre sous l'appellation de « nationalistes flamands ».

VINCENT : Et alors ?

CLAUDE : Une telle dénomination leur donne par avance raison puisqu'elle fait déjà de la Flandre une « nation » alors qu'au mieux, elle en deviendra une à la suite du référendum.

VINCENT : Tu voudrais qu'on les appelle comment ?

CLAUDE : Je ne veux rien. Mais, en toute logique, on devrait dire : « les régionalistes flamands » ou « les indépendantistes flamands ».

VINCENT : Et qu'est-ce que Charline t'a objecté ?

CLAUDE [*qui fait le geste de balayer une surface du revers de la main*] : Au lieu de s'en tenir à la sémantique, elle a glissé vers le politique : « Unité territoriale, unité linguistique, cela fait une nation », m'a-t-elle déclaré.

Vincent : Sois honnête : il y avait un arrière-plan politique à ta réflexion sémantique. Qu'as-tu répliqué ?

Claude : Je suis tombé dans le piège… Tu sais, je ne suis pas hostile à l'indépendance de la Flandre en soi, mais là… Je ne pouvais pas la suivre : unité linguistique ? Le flamand est un ensemble de dialectes qui ne sont pas unifiés, c'est pourquoi la langue officielle est le néerlandais, la langue d'un autre pays, d'un autre territoire. Et il y a des Flamands francophones…

Vincent : Il n'y en a presque plus…

Claude : Et à Lille ? Et à Roubaix ? C'est l'ancien comté de Flandres…

Vincent : Tu charries, là…

Claude : Quant à l'unité territoriale, que faire de Bruxelles ? ai-je demandé à Charline… J'étais coincé dans une position anti-flamande, qui ne correspond pas à mes convictions. Tu vois ?

Vincent : Tu es en effet tombé dans le piège. Mais c'est surtout toi qui dis non à son argument : « Non-C » à son C. Vous fonctionnez en fait de la même manière.

Claude : Ensuite, le glissement régressif s'est accéléré. Elle m'a reproché de ne pas accepter que les Flamands se posent la question légitime de leur identité. Pourquoi regardais-je d'un bon œil le désir d'émancipation des Écossais et pas celui des Flamands ? « Mais je suis favorable à l'organisation de ce référendum, ai-je répondu, tu le sais très bien. » Et qu'est-ce qu'elle m'a lancé alors à la figure ? « Oui, mais seulement à cause de ton goût suspect pour la démocratie directe. Tu méprises la démocratie représentative, qui pourtant est seule à même de protéger les minorités. Tu as trop lu Rousseau, l'écrivain chéri de ta mère ! »

Vincent : Ah oui, vous en êtes arrivé à ta mère… C'est vrai qu'elle lisait Rousseau, je m'en souviens…

Charline et toi étiez loin de la sémantique de départ, en effet.

[*Un temps.*]

VINCENT : Pfff. Merci, Claude. Ton récit me remonte le moral… Votre débat sur le suicide du pays est plutôt de nature à me renforcer dans mon désir de suicide personnel que l'inverse.

CLAUDE : Suicide du pays ? Tu y vas fort. Ne présage pas du résultat. « Ils » vont voter demain…

VINCENT [*presque souriant*] : Ah, mais… Tu viens de faire ce que tu reproches à Charline : tu me reprends non sur mon grand C, mon propos principal (tout cela ne me remonte pas le moral), mais sur un élément annexe (l'expression « suicide du pays »)… Comment disais-tu tout à l'heure ? Un élément « afférent » à C. Je ne vais pas tomber dans le piège à mon tour : inutile que je justifie cette expression.

[*Un temps.*]

CLAUDE : Franchement, tu te suiciderais avant que l'on connaisse le résultat de ce référendum ? Tu n'as pas envie de savoir ?

[*Deux femmes autour d'un café. Même genre d'âge que Claude et Vincent.*]

SYLVAINE : Il faut dire aussi que c'était mal parti avec une devise aussi patriarcale que « L'union fait la force » !

MALOU : Je ne dirais pas « patriarcale ». « Machiste » plutôt. Non ?

SYLVAINE : Si tu veux. Ou « viriliste ». « Martiale », en tout cas. La force ? Pour quoi faire ? Contre qui ?

Contre quoi ? Une fois que nous étions débarrassés de la menace d'invasion des Hollandais, puis des Allemands, elle ne pouvait que se retourner contre nous, la force.

Malou : Pas faux.

Sylvaine : « L'union fait la douceur » : cela aurait été de meilleur augure !

Malou : Joli. Mais évitons de trouver cette nouvelle devise plus féminine : nous tomberions dans un autre cliché.

Sylvaine : Tu as raison. Pas plus féminine : plus humaine.

Malou : Voilà !

[*Un temps.*]

Malou : Je me demande si les Flamandes vont voter dans le même sens que les Flamands.

[*Un vestiaire de football féminin. Les joueuses sont prêtes. Ou presque : certaines d'entre elles lacent leurs chaussures à crampons. Elles vont monter sur le terrain dans cinq ou dix minutes. Elles portent le maillot de l'équipe nationale belge.*]

Lotte [*en néerlandais*] : Si on pouvait les battre, cette fois-ci, ces Hollandaises ! Cela nous ferait du bien. Surtout aujourd'hui…

Jamila [*en français, sur un ton blagueur*] : Pourquoi dis-tu « surtout aujourd'hui » ?

[*Rires des joueuses.*]

Mila [*en néerlandais*] : En tout cas, nous comptons sur toi pour marquer un de ces buts inattendus dont tu as le secret, Jamila !

Jamila [*en français*] : Oui, c'est peut-être ma dernière occasion d'égaler le record de Tessa !

[*Silence embarrassé.*]

Olivia [*en néerlandais*] : Contre la Hollande ou contre Malte, pour toi, cela ne change rien, hein, Jamila ?

Jamila [*en français*] : Les Hollandaises sont certainement plus difficiles à battre que les Maltaises. Mais symboliquement, non, cela ne change rien. Je ne ressens aucune rivalité particulière…

[*Nouveau silence.*]

Jamila [*en français*] : D'ordinaire, parmi vous, je suis avant tout la seule musulmane. La seule à faire le Ramadan. Aujourd'hui, je suis surtout la seule francophone.

Lotte [*en néerlandais*] : La seule qui ne votera pas demain.

[*Une femme marche d'un pas vif dans la rue. Elle décroche son téléphone portable, répond tout en continuant à avancer sur la chaussée. Elle parle néerlandais.*]

Saskia : Allô ? Bonjour *schatje* !… Oui, je suis dans la rue… Je me dépêche : les bureaux de vote ferment dans une demi-heure… Pas eu le temps plus tôt : je devais finir mon texte… Comment cela, passer chez toi d'abord ? Je viens de te dire que les bureaux de vote… Ta femme est assesseure ? Elle est précisément libérée dans une demi-heure ?… « Il faut en profiter ! » ? Tu ne manques pas d'air, *schatje* ! On ne me décroche pas comme cela, qu'est-ce que tu crois ?… Mais non, ce n'est pas vrai. Je ne m'en fiche pas, du sort de la Flandre!… D'accord, j'écris en anglais, et alors? Ce n'est pas pour cela que je n'ai pas d'opinion sur l'indépendance!… Tu ne trouves pas que la comédie a assez duré, *schatje*?… Non, je ne te parle pas de la Belgique, mais de ton coup de téléphone, là! Je raccroche!

Ad libitum.

Questions flamandes

Ces mots revenaient souvent,
plus exactement des mots de ce genre :
moitié flamands, moitié français,
un peu d'anglais, le tout lancé par le nez
pour en faire du pur anversois.

André Baillon, *Le Neveu de Mademoiselle Autorité*

À Frank

Quel est l'état de nos connaissances concernant les Flamands qui partagent notre État ? Sait-on quelque chose d'eux ? Parlent-ils une autre langue que nous ? Ont-ils d'autres pensées ? Distinguent-ils, eux aussi, le noir du blanc ? Le bleu du vert ? Le féminin du masculin ? Ou vivent-ils dans un monde qui ignore cette distinction-là ? Un monde dans lequel il est impossible de savoir si l'inconnu qui s'approche de vous dans la rue est homme ou femme, petite fille ou petit garçon ? Un monde où cela n'aurait pas d'importance ? Y a-t-il des prénoms masculins et féminins dans leur langue ? Y a-t-il plusieurs prénoms dans leur langue ou un seul pour tous ? Parlent-ils ? Discutent-ils sur le pas de leur porte ? Sont-ils murés dans un silence impénétrable ? Aiment-ils leurs enfants ? Ont-ils construit des villes ? Leurs villes sont-elles éclairées la nuit ? Et leurs autoroutes ? Combien de fois par jour mangent-ils ? Mangent-ils par la bouche ou dévorent-ils les plats des yeux ? Les Flamands travaillent-ils ? Font-ils le travail qu'ils aiment ? Vivent-ils à la même époque que nous ? Vivent-ils au XXIe siècle ? Comment s'appelle, au juste, leur pays ? Ont-ils un pays ? Se posent-ils des questions quand vient le soir et que l'angoisse descend du ciel vers les êtres humains ? Ont-ils des chagrins d'amour ? Sont-ils divorcés ? Quelles questions se posent-ils ?

La rumeur prétend qu'ils ne tiennent plus à nous que par deux attaches : un roi et onze hommes jouant au ballon. Les femmes ne serviraient-elles à rien dans ce pays ?

Que sais-je des Flamandes ? Les Flamandes regardent-elles les Flamands ? Portent-elles des lunettes ? Considèrent-elles que l'amour est une priorité dans leur vie ? Y a-t-il des priorités dans leur vie ? Connaissent-elles leur âge ? Est-il permis de les interroger à ce sujet ? Sont-elles astrophysiciennes ou boulangères ? Ou les deux ? Sait-on, comme chez nous, à quel homme ou à quelle autre femme une femme est attachée ? Existe-t-il un terme flamand spécifique pour désigner les Flamandes qui vivent seules ? Martine est-elle flamande ? Et Marcelle ? Et Marylin ? Et Maria ? Et Maryah ? Serait-il possible qu'un jour j'aime une Flamande ? Les Flamandes savent-elles qu'en faisant l'amour, elles ont une chance de tomber enceinte ? Aiment-elles porter un enfant dans leur ventre ? Portent-elles des enfants dans leur ventre ? Ce texte pourrait-il être écrit par une Flamande ? Et par un Flamand ? Ce texte est-il typiquement wallon ? Typiquement liégeois ? Mime-t-il la forme d'un livre d'un écrivain liégeois ? D'Eugène Savitzkaya ?

Les Flamandes lisent-elles Eugène Savitzkaya? Lisent-elles?

Un roi, dit la sagesse journalistique, nous permet de rester unis. Je n'en crois rien. Le roi a toujours été un sujet. De discorde entre eux et nous. Ne pourrait-on choisir ensemble nos responsables? Pourquoi un Wallon ne serait-il pas capable de voter pour un Flamand dont il partage les idées? Pourquoi doit-on toujours voter ici pour défendre son clocher? Pourquoi doit-on voter? Les Flamands votent-ils? Et les Flamandes?

Que sait-on au juste des Flamands? Se déplacent-ils en automobile ou à dos d'âne? Se déplacent-ils? Restent-ils chez eux? Savent-ils que tout le malheur des hommes vient d'une seule chose, qui est de ne savoir pas demeurer en repos dans une chambre? Les Flamands vivent-ils dans un monde à trois dimensions? Ou à deux dimensions? Vivent-ils tous dans un tableau de Breughel l'ancien? Ou cachés dans la barbe d'un dieu avare? Croient-ils en Dieu? Ou bien sont-ils athées comme vous et moi? Leur dieu se trouve-t-il en leur corps? Au ciel? Leurs vrais dieux ne sont-ils pas leurs enfants? Existe-t-il un terme flamand pour désigner les enfants? Ou bien habitent-ils un monde dans lequel l'âge n'a aucune espèce d'importance? Où chacun est libre dès la naissance? Où personne, pas même les nourrissons, ne dépend d'autrui? Où nul ne détient l'autorité? Les Flamands boivent-ils du lait? Du lait de vache ou de chauve-souris? Du vin? De la bière? De la cervoise? De l'hydromel? Du nectar? Une boisson inconnue? Du sang? Du sang génétiquement modifié et reproduit sur des plants de tabac? Les Flamands meurent-ils? Sont-ils tristes quand l'un d'entre eux vient à mourir? Enterrent-ils leurs morts? Les brûlent-ils?

Ou bien les morts restent-ils au milieu des vivants? Cadavres familiers qui partagent le quotidien de leurs descendants, veillant sur les enfants, assurant aux femmes la fécondité et apportant aux hommes la sagesse? Les Flamands morts s'envolent-ils, sur le dos d'un flamant rose, vers un paradis naïf? Fait de ruisseaux d'eau tiède et de nuages en fleurs? Ou, comme nous, sombrent-ils dans le néant? Les Flamandes et les Flamands sont-elles, sont-ils, en quelque manière, différents de nous?

Notice

Des versions plus courtes et/ou quelque peu différentes de trois des neuf textes contenus dans le présent volume ont connu une édition en préoriginale : « Corona *song* », dans *Le Quinzième Jour*, n°277, Université de Liège, septembre-décembre 2020, p. 70-72, « Latitude 50° 38' 01" Nord », dans *Dérivation. Pour le débat urbain*, n°7, mars 2021, p. 226-233 et « Questions flamandes » dans *Marginales*, n° 247, *Les Fla les Fla les Flamands*, automne 2002, p. 58-60.

L'*Autoportrait aux bésicles* de Chardin (Jean-Baptiste Siméon) n'est dû à nul autre peintre que Chardin (Jean-Baptiste Siméon) et le petit portrait de Ponge a été réalisé à mon intention par Demant (Antoine Demoulin dit). Merci Antoine. Lecteurs et lectrices auront reconnu Eddy Merckx croqué par le grand Jijé dans la courte et délicieuse bande dessinée intitulée « Les rois de la pédale », parue dans *Pilote. Le journal qui s'amuse à réfléchir* n°676, le 19 octobre 1972. Que les ayants-droit du dessinateur reçoivent ici la marque de notre gratitude.

Enfin, les culs-de-lampe et les fleurons sont issus soit du dictionnaire visuel de A. Pinloche, *Vocabulaire par l'image de la langue française*, Paris, Larousse, 1923 (l'ouvrage ne fait pas mention du nom de son illustrateur), soit d'un ouvrage édité à Lyon par L'Aventurine en 2007, *Bordures*, anonyme.

Table des matières